Magical Explorer 6
マジカル★エクスプローラー
エロゲの友人キャラに転生したけど、ゲーム知識使って自由に生きる6
入栖
— Author
Iris
神奈月昇
— Illust
Noboru Kannatuki
マジエク 攻略 ルート
あ

リュディ
「うぅ……なんで私が
これで終わって……早く終わって」

「くぅっん……はぁはぁ」
水《みず》守《もり》雪《ゆき》音《ね》
スーパーケイオス
ベネフィットエネミーダンジョン
-ポージングバトル-

「私は嘆いています。
人間が、こんなにも利己的で愚かである事に」
桜《さくら》瑠《る》依《え》
ツクヨミ魔法学園司書。美人で優しいため一部の生徒に人気がある。その正体は天使。

「やはり私の尻から
腿にかけての肉ラインが
影響を及ぼしているんですね」
ななみ

マジカル★エクスプローラー

エロゲの友人キャラに転生したけど、ゲーム知識使って自由に生きる6

入栖

角川スニーカー文庫

23022

Illustration：神奈月昇
Design Work：杉山絵

Chapter Select 目次

Magical Explorer 6

Illustration: 神奈月昇
Design Work: 杉山絵

Reincarnated as a Eroge Hero's Friend, I'll live freely with my Eroge knowledge.

瀧音幸助

たきおとこうすけ

ゲーム『マジエク』に登場する友人キャラ。しかし中身はエロゲが大好きな日本人。特殊な能力を持っている。

リュディ

リュディヴィーヌ・マリー＝アンジュ・ド・ラ・トレーフル

エルフの国『トレーフル皇国』皇帝の次女のお嬢様。ゲーム『マジエク』パッケージに写るメインヒロイン。

ななみ

ななみ

ダンジョンマスターを補佐するために作られたメイド。天使という珍しい種族。

花邑毬乃

はなむらまりの

ゲームの舞台となるツクヨミ魔法学園の学園長。ゲームではあまり登場せず、謎の多い人物だった。

花邑はつみ

はなむらはつみ

花邑毬乃の娘で瀧音幸助のはとこ。基本的に無口で感情があまり顔に出ない。ツクヨミ魔法学園の教授。

クラリス

クラリス

リュディのボディガード兼メイドのエルフ。真面目で主人に忠実で失敗を引きずりやすい。

聖伊織

ひじりいおり

ゲーム版『マジエク』の主人公。見た目は平々凡々。だが育てればゲームで最強のキャラになった。

聖結花

ひじりゆいか

ゲームパッケージに写るメインヒロインであり、伊織の義妹。ツクヨミ魔法学園に編入してきた。

加藤里菜

かとうりな

『マジエク』ゲームパッケージに写るメインヒロイン。勝気な性格で貧乳を気にしている。

Character　キャラクター

Magical Explorer 6

モニカ

モニカ・メルツェーデス・フォン・メビウス

『生徒会』の『会長』を務める。『マジエク三強』の一人で、ゲームパッケージに写るメインヒロイン。

ステフ

ステファーニア・スカリオーネ

『風紀会』の会長職『隊長』を務める。法国の聖女。美しく心優しいため、学園生から人気があるが……？

ベニート

ベニート・エヴァンジェリスタ

『式部会』の会長職『式部卿』を務める。学園生から嫌われているが、エロゲプレイヤーからは人気が高い。

フラン

フランツィスカ・エッダ・フォン・グナイゼナウ

『生徒会』の『副会長』を務める。非常に真面目な性格の女性。雪音と紫苑をライバル視している。

水守雪音

みずもりゆきね

『マジエク三強』とも呼ばれる、公式チートキャラの一人。風紀会の副会長を務める。

姫宮紫苑

ひめみやしおん

『式部会』の副会長職『式部大輔』を務める。制服を着ずに常に和服を着ており、メインヒロイン級の強さを持つ。

アイヴィ

アイヴィ

ツクヨミ学園新聞を発行する新聞部の部長。兎人族の女性で常にハイテンション。三会の役割を知っている。

ルイージャ

ルイージャ

ツクヨミ魔法学園の教師。お金にルーズであり、花邑家に借金がある。はつみの先輩であり、学生時代は一緒にダンジョンへ行っていた。

桜瑠依

さくらるえ

ツクヨミ学園に立地する図書館の司書。学園に長く務めており生徒思いで優しい。その正体は……。

一章　つかの間の平穏

朝食を終えて学園生組でまったりしていた時だった。ふと姉さんの事を思い出したのは。

「なあリュディ。そういえばなんだけどさ……最近すごく気になっていることがあるんだ……」

「ん、一体何よ？」

「最近姉さんが俺の部屋で寝てる……のはいつもの事だからいいんだが」

「まあそうね」

「っはぁーっ？」

俺の何でもない前置きに「おかしいですよ」と騒ぎ立てる結花《ゆいか》。

「リュディさん正気に戻ってください。まぎれもなく爆弾発言でしたよ!?　普通自分の部屋で寝ますよ!?　ね、雪音《ゆきね》さん！」

「う、うむ」

歯切れの悪い先輩の反応を見るに、多分先輩もまあ普通だよなと思ったに違いない。既にこのことについて話したことあるし。またその先輩の動揺を看破したのは俺だけではないようで、結花はジト目で先輩を見ていた。

「うっわぁ……皆さん花邑《はなむら》家に毒されてません？」

「実は結花様が異端であるのでは、とななみは愚考します。またいずれそうなられるとも」

なんとなくだが、その意見に同意だ。俺だって姉さんが初めて部屋に来て布団に入り出したときは凄《すさ》まじい動揺を晒《さら》したけれど、今ではあまりに眠かったら気にせず布団に入るときもある。ぽかぽか。

なんだか納得いかない様子の結花だが、それに関しては正直どうでも良い。もっと気になる事がある。

「で、な。気になっているのはここからなんだ。実は姉さんが……俺に良く似た人形を持っていることがあるんだ」

と俺が言うと結花を除いた皆の体が一瞬フリーズする。

「み、見間違いじゃないかしら……？」

「そ、そうだぞ、瀧音《たきおと》。なぜお前の人形が存在しているんだ？」

「まったく、私《わたくし》のにじみ出るメイド力がご主人様に幻覚を見せてしまったようですね、少し力をおさえないと」

「ななみのアホ発言は無視して、本当の話なんだよ、これが」

「もしやメイド力を知らないっ⁉」

「知らねえよ、何で驚愕《きょうがく》してるんだよ⁉」

多分全世界の誰も知らないだろうよ。意味不明な事を言って話をそらそうとしているが、その手には乗らん。ちょうどそのときだった。

ガチャリと音がしてドアが開き、何か考え事をしている姉さんが入室してきたのは。全員の視線はもちろん姉さんに。それも姉さんの手にある赤いマフラーを巻いた男性の人形へと注がれて……。

「幻覚です」

ななみがそう言うのと同時に、ぐっとリュディに顔の向きを変えられる。まつげは長いし、肌は綺麗《きれい》だし、見とれちゃうぐらい端整な顔だ。でも今はそんな場合じゃねぇ！

俺はさほど筋力のないリュディの手から簡単に逃れると、もう一度姉さんを見つめる。残念なことにキッチンへ行ってしまったためよく見えない。しかし、確実に持っていたはずだ。

「いや、幻覚って無茶《むちゃ》だろ。いやさっき明らかに俺らしき人形を持っていたよね」

と姉さんに注目していると、姉さんは何事もなかったかのように冷蔵庫にあった果汁百パーセントのミックスジュースを取り出し注いでいく。

そして薄いオレンジ色の液体が入ったコップにストローを刺すと、俺らの視線を意に介さず部屋を出ていこうとした。しかし彼女はすぐにドアを開けなかった。

姉さんの腕から、赤いマフラーを巻いた人形がするりと落ちたためだ。

「あ、ごめん、こうすけ」

そう人形に呼びかけ、何事もなかったかのように人形《こうすけ》を拾い退室していく姉さん。

………………。

訪れる沈黙。結花以外俺に目を合わせようとしない。

「……幻覚です」

「さすがに無茶ではないかと、私は思うのだが……」

「ほら、先輩だって言ってるだろう？　姉さんはさ、あの人形を拾って幸助《こうすけ》って言ったよね？　聞き間違いじゃないよね？」

「いえ、それは幻聴です。私《わたくし》には助三郎《すけざぶろう》と聞こえました。多分リュディ様が執筆されている小説『残虐無双の助三郎』の人形ですね」

「ゑっっっっ!?」

キラーパスにもほどがあると思う。投げられたリュディは変な声を出し驚愕の表情でななみを見つめていた。

「……そ、そうよ。すけざぶろう、よね？」

　無理に乗らなくてもいいんだぞ。

「俺以上にリュディの方が衝撃を受けてるんだが、もうちょっと打ち合わせしておくべきだろ。しかしちょっとその作品の内容が気になるところだ」

「ではあらすじを軽くお話ししましょう……主人公の花五郎《はなごろう》は信じていた仲間に裏切られ、田舎で畑を耕しながら近所の人妻と禁断の愛を育《はぐく》んでいたのですが、学園生だった頃の教師に刺され、愛に目覚めて野良メイドと駆け落ちするお話です」

「主人公の花五郎どっから出てきた！　戦闘物でなくスローライフ物ですらなく昼ドラだった⁉　タイトル詐欺にもほどがあるだろ⁉」

「助三郎とか残虐無双って何なんですかねぇ……」

　結花ですら困惑気味だぞ。その内容だったらタイトルは『七転八倒花五郎』なんかはどうだろう。

「さて、今日の予定はダンジョンへ行き、魔素集めに励むですね。そういえばリュディ様と結花様は伊織《いおり》様とお会いになるとか」

「おい、さすがに話は変えさせないぞ」

　先輩を見てみろ、いくら何でもって苦笑してるだろ？

「ということで本題に戻ろう、何で姉さんが俺の人形を持っているのか？　これだ」

「あ、瀧音さん。そういえば、そういえば、そういえばーなんですけど」

なんで三回言った？

「さっきの人形ですね。最近どこかで見たような気がしてたんです。それで今思い出しました。雪音さんの部屋です」

「………先輩？」

俺が視線を向けるのと、先輩が顔をそらしたのは同時だった。こんなに動揺している先輩は初めて見る気がする。

「ちょっと先輩の部屋にお邪魔させていただきますね？」

「い、いや、待て瀧音。その、だな。未婚女性の部屋に入ることはあまり褒められた行動ではない」

「いや普段は普通に入れてくれますよね？」

そう言って俺が立ち上がろうとすると、リュディに手を引かれてソファに戻される。

「リュディ……？」

ばつが悪そうに顔をそらし、口をつぐむリュディ。

この状況から察するに、だ。多分結花は何も知らない。そして確実にななみとリュディと先輩は知っているというか主犯と共犯であろう。そういえば以前にこんな人形の話をしたような……？

「あの瀧音さんの人形ってけーっこう可愛いですよね。私も一つ欲しいんですけど」

　おいおい、形式上、ななみ達はないって否定しているからここは――。

「ええ、そうでしょうそうでしょう。私《わたくし》とはつみ様でこだわりにこだわり抜いた一品ですから。リトルサイズ二つまで無償提供致します。ミドル以降は要相談で」

「って普通に暴露しやがった、やっぱりあるんじゃねーか！」

「落ち着いてくださいご主人様。確かに計画したのは私《わたくし》とはつみ様ではありますが、実際に作ったのはルイージャ様です。まったくなんてことをしてくれたのでしょう！」

「何で先生を巻き込んでる上に罪をなすりつけようとしてるんだよっ？　てか先生はよく作ってくれたな！」

「アルバイトを探されていたので、安全な仕事《人形作り》をさせるため雇ったまでです」

「副業禁止令が毬《まり》乃《の》さんと俺から出てるはずなんだけど……よく引き留めてくれた。まあ今回の場合はななみからの依頼だからグレーゾーンだなぁ、いや先生はバイト先を探していたから怒るけどさ」

　そういえばあの人って家事とか裁縫のスキルはやけにあるんだよな……ってまてよ？お願いすれば一部のアイテムを……。

「ええ、ではルイージャ様にはそのようにお願い致します。では解散！」

「まてまてまてまて」

何が解散だよ！　立ち上がろうとするリュディや先輩の腕を引っ張り、再度座らせる。

「なあ、実はリュディと先輩も持っているよな？」

「……ああ、持っている」

「雪音さんっ？」

「リュディ、もうごまかせないだろう。瀧音、あの人形はこの家に住む女性陣は全員所持している。計画が動いた際に家にいなかった結花を除いてだが」

「そうだったのか……でも何で？」

先輩を見て言ったのだが、答えたのは先輩ではなくリュディだった。

「だって、その完成度高いし可愛いじゃない。でも幸助はそんなのいらない、作るな、だなんて言うかなって……」

「なるほど、確かに俺は言いそうだ」

自分の人形とか恥ずかしくてもだえるだろ。

「安心してください、ご主人様。すべて和国《わこく》産の安全な素材を使用しております」

「俺はこれっぽっちも原産国の心配をしていないぞ」

「ではサイズの心配をされているのですね？　ご安心ください。非公式のクラウドファンディングでは目標金額を大きく超えていたため、夜のお供が可能な等身大人形の制作も決定しております」

「それに投資したヤツの一覧を今すぐ出せっ！」

ちらりと先輩を見るななみ。そして視線を外す先輩。え？　先輩？　ゑっ？

「では仕方ありません。ご主人様。取引をしましょう」

「取引？」

ななみは俺のそばへ寄ると、こっそり耳打ちする。

「ご希望の女性の人形をルイージャ様に作らせましょう。もちろんエッッな感じにです。代わりにご主人様は今日何も見なかった。いかがですか？」

うん。今日は何もないすばらしい一日だった。

そんなとても心地いい朝を過ごして、学園へ。用がある借金先生もといルイージャ先生を呼び出す。

普段は全身アロマセラピーな彼女であるが、最近はまるで猫ににらまれた鼠のように縮こまるばかりだ。話しているうちに普通に戻るけど。

「ごきげんよう、ルイージャ様」

「ご、ごきげんよう、ななみさん。追加でお返しできるお金はありません……」

第一声からお金の話が出てくるのは結構末期だと思う。

「体で返していただきますので大丈夫です」

「ひっ」

先生は本気で体をこわばらせる。一体ななみは何をしたのだろうか。あまりにもかわいそうなのでフォローを入れることにした。

「ななみの冗談です」

「そうです、五分くらい冗談です……そういえば現在ご主人様所有の高級マンションに住んでらっしゃいますね」

九割五分本気だったのか。

「え、ええ」

「それを貸し出して返済に充てるのもいいかもと……そういえば近所のゴミ捨て場に大きな段ボールが……」

「わ、私の家を段ボールにする気ですか⁉」

段ボールの進化はすごいから案外快適に暮らせそう。

「私《わたくし》は何もそんなことを話していません。段ボールがあったことを話していただけです」

「そうですよね、ななみさんのことですから本当にしでかすかと思いました」

「さすがの私《わたくし》もそこまで鬼ではありません。代わりに透過性抜群のアクリル板をご用意しました!!」

これがサンプルですとルイージャ先生に渡す。彼女はそれを笑顔で受け取り、空に掲げた。

「へぇー曇り一つない透明できれいですね……ってぇ丸見えじゃないですかっ！」

彼女はそう言って渡されたアクリル板を地面にたたきつける。

「今年の最新版ですよ？」

「最新版とかそういう問題じゃないんですよ」

多分入手方法はネットショップだな。Ama●on には去年と同じような最新版がそろってるんだよなぁ。

「まじめな話、私《わたくし》共では手に余るため皆に監視してもらうのが一番いいかと」

「確かに。一理ある」

「瀧音君も何感心してるんですか⁉　一理どころか微塵《みじん》もありませんよ、ダメに決まっています、私にもプライバシーはありますよぉ！」

「仕方ありません、マジックミラーで壁や天井を作りましょう」

アダルトなビデオかな？　あれって現存するのだろうか。

「まあ、さっきよりはマシですけど……外から見られているようで気が気じゃありませんね」

「ご安心ください。外から見えて中から見えないような仕様にいたしますので」

「アクリル板と問題が変わらないじゃないですか！　相手から全部見えちゃってますよ!?」

「では間をとって厚さ三ミリのベニヤ板にしましょう」

「どこが間をとってるんですか！　そんなの冬寒くて夏暑いです。断熱材の概念を理解してから提案してください！」

「確かに見えないけれど壁薄すぎて何してても音が漏れるよね？　生活音のフルコースだよ」

「ですが日当たりと換気は完璧《かんぺき》に致しました。あえて屋根を付けないことで常にクリーンな空気を入れることが可能です」

「野ざらしみたいなものじゃないですか!?　雨入り放題で段ボール以下ですよ!?」

「時代を先取りしたつもりなのですが……」

「先取りしすぎて、洞窟《どうくつ》に住んでいた時代よりも退化してます！　しかもなにしょんぼりしてるんですか!?　瀧音君もなんなんですか、傍観者に徹してないでななみさんに何か言ってください！」

「まあ何かされても困るし、目の届くことも考えて今のままでいいかなぁ」

「ちっ、命拾いしましたね」

「瀧音君、なんなんですか。私を罵倒《ばとう》するために呼んだんですかぁ……？」

　ちょっと泣きそうなルイージャ先生。ちょっとかわいい。

「いや、決してそんなことはないんだけど……今日はお願いがあって来てもらったんです」

「お願い、ですか？」

「ええ、二つ。一つはダンジョンを紹介してほしいんです。決して必須《ひっす》ではないんですけど、あれば楽だなってものが貰《もら》えるんですよ」

　先生は首を傾げた。

「ダンジョンの紹介ですか？　私が知ってるのでしたらかまいませんよ？」

　ななみは頷《うなず》く。

「お願いします。では、もう一つ。それは美少女メイドななみのド☆エッチにんぎょ……むぐ、何ですかご主人様」

「ななみの言うことは無視してください。もう一つは……ちょっと先の話なんですけど、とある人を救うために暗躍してもらいたいんです」

　ルイージャ先生は口を半開きにして首を傾げた。ちょっとだけアホっぽく見えるんだけど。

　あれ、なんか急に不安になってきた。

二章　スーパーケイオスベネフィットエネミーダンジョン

さてと、ようやくここに来たか。

ルイージャ先生から教えてもらった場所は、ショーツダンジョンと同じように遺跡として存在していた。

しかし俺はもちろん、封印を解く方法を知っているため、このダンジョンに入ることができる。

そう、このスーパーケイオスベネフィットエネミーダンジョンに。紳士からは頭の文字をとって『すけべえダンジョン』と呼ばれた場所である。

今まであった命名規則っぽい物を完全にシカトし全て横文字にしたあげく、公式もインタビューで『すけべえダンジョン』と呼ぶくらいにはすけべえなダンジョンである。

「封印はもう解けたし……先へ進むか」

またソロで攻略するなら、とても楽なダンジョンである。

—このダンジョンは一体どれほど楽なところなのか—

このダンジョンの嬉《うれ》しいところは、モンスター討伐にステータスがほとんど関係ないことだ。どれだけ腕力が強かろうが、関係がない。マジで一切関係ないのだ。

そのバトルシステムは、『ポージングバトル』。いままでのRPGとは一線を画したその斬新かつ非常にエッルォォォイバトルシステムは、日本のみならず海外の同志達からも非常に評価された。

コレは『エッチなコスチューム』を着て『エッチなポーズ』をする事により、敵の服にダメージを与える楽園のような空間となっている。しかも敵は美少女系が多いときたもんだ。ぐふふ。

また逆に敵がエッチなポーズをすることでもこちらにダメージを与えてくる。だがしかしそれは服までで、嬉しいことに肉体にダメージはない。しかもダンジョンには専用のコスチュームがあり、それを装備しないと進めない。エッチな服でボロボロになっていく姿が見られるうえ、お気に入りの服がバラバラになることもない。

逆に言えば股間《こかん》もろだし露出狂ファッションと、罰ゲームみたいなのを我慢するのでもよければ、ただ歩くだけで攻略できる。

もちろんゲームの前の紳士たちは仲間全員の服をわざと消失させるであろう。

ダンジョンの理不尽さからくる罵倒《ご褒美》と羞恥《しゅうち》からくる罵倒《ご褒美》、伊織《いおり》の股間を見て反応する姿《ご褒美》

を堪能《たんのう》できる。必死に自分の体を手で隠す様は、単純に素っ裸で恥ずかしげもなく披露する者の数十倍興奮する。

あ、あとアイテムも貰える。

ただし非常に残念なことではあるが、俺が現実でそれを堪能できない。普通に考えろ。誰も誘えるわけがない。だから俺はここへこっそり一人で来た。

つまり全裸で進んでアイテムを回収するだけの簡単なお仕事である。さあ、ダンジョンの封印は解いたし、さっさとこうりゃ……ん？

「幸助《こうすけ》」

誰もいないはずのこのダンジョンで後ろから声を掛けられる。俺はその聞き覚えのある殿下ボイスにゆっくりと後ろを振り向く。

そこにいたのはちょっとジト目でこちらをにらむリュディと、苦笑している先輩、そして勝ち誇った笑みを浮かべているななみだった。

「どっ、どうしてここにっ⁉」

思わず後ずさりながら、跳ね上がった鼓動を落ち着ける。

「まーた私たちに内緒でダンジョン攻略しに来たでしょう？」

「勝手に一人ではいかせてはならないと、皆で話していたんだ」

「ご主人様のいるところ、私《わたくし》のエデン……」

一人だけ毛色違う。

「それは嬉しい、めちゃくちゃ嬉しいんだけど危険だ。マジで、ほんと、リアルにここは危険だ……今すぐ出よう」

そう言って俺はダンジョン脱出のアイテムを取り出す。しかしそれは全く反応しなかった。てかここで帰還しようだなんて思ったことなかったから、使えないの初めて知ったんだけど。

「どうしたそんなに慌てて？」

先輩は心配そうに俺をのぞき込む。先輩たちは知らないんだ。

「ここはとても恐ろしいところです」

――このダンジョンは一体どれほど恐ろしいところなのか――

このダンジョンの恐ろしいところは、どれだけ腕力が強かろうが、そのモンスター討伐に関係が無いことだ。どれだけレベルが高かろうと関係無い。

そのバトルシステムは、『ポージングバトル』。いままでのＲＰＧとは一線を画したその斬新かつ非常にエッルォォォイバトルシステムは、クソすぎて全く評価できない。

コレは『エッチなコスチューム』を着て『エッチなポーズ』をする事により、敵の服にダメージを与える頭おかしい空間となっている。全て剝《は》ぎ取ると相手は逃げる。俺も逃げたい。また逆に敵がエッチなポーズをすることでもこちらにダメージを与えてくる。だがしかしそれはこちらの服までだ。肉体的にダメージはないかもしれないが、それは非常に大きな精神的ダメージだ。しかもダンジョンには当然のようにＨＥＮＴＡＩコスチュームがあり、それを装備しないと進めない。つまり厚着で乗り越えようとするヒロインたちの浅はかな考えをぶった切ってくる。

おーい！　さっきまで利点だったことが、すべて欠点に変わってるじゃねーか！


「どうしたのよ？」

心配そうにこちらの顔を覗《のぞ》くリュディを見てはっと我にかえる。

「すまなかった」

黙っていた俺が悪い。常に心配をかけていた彼女たちが善意でしてくれたのだ。正直嬉しい、嬉しいんだけど、申し訳ない。

「ここはいろんな意味で危険なダンジョンなんだ」

「いろんな意味で？」

「それは一体どんなダンジョンなんだ？」

リュディと先輩に問われどう説明するかと考える。

「ここは……まず名前だがスーパーケイオスベネフィットエネミーダンジョンだ」

「スーパーケイオスベネフィッ……なんだって？」

先輩は聞き取れなかったようだ。

「スーパーケイオスベネフィットエネミーダンジョンです、先輩」

「なんだか変な名前のところね」

仰るとおりである。どんなところかを簡単に説明するならばすけべえなダンジョンである。言えない。

「以前ダンジョンで、ええと。その、だな。えっちなポーズをしたことを覚えているか？」

「もちろん覚えているわよ、一生忘れないわ…………それは嘘、よね？」

これだけでリュディも先輩も理解したらしい。大きな沈黙後、リュディはかすれるような声で話した。俺はそんなリュディを見ていられなくなり、顔をそらす。

「あそこをより強力にしたようなダンジョンだっ」

俺がそう吐き捨てるとリュディがその場に崩れ落ちる。そして先輩も顔が凍り付いた。

「ただ安心してほしいが、基本的に肉体的なダメージはない、ないんだが」

「精神的に計り知れないダメージがあるんでしょう……だからこっそり来たのね」

まあそれだけだったら、なんとも思わない。それだけではないのだ。

ここには人間におけるフェティシズムの一種の到達点ともいえるシステムがあるんだ。しかしそれは最悪の場合で、別に何事も起こらないなら言わなくても良いのではないかと思うことでもある。

「……瀧音《たきおと》、言いにくいのは分かるが、言っていいのだぞ」

顔や態度に出てしまったのだろうか、先輩はそう俺に言う。

「そうよ、あなたはいつもそうやって一人で抱え込もうとする。というよりもう運命共同体でしょ？　覚悟はできてるから話して」

思わずため息をつく。

「ご主人様の言いたいことは察しております。ななみは尻《しり》から太股《ふともも》のラインが最高だなんて……ポッ」

「いや断じてそれではない」

尻から太股のラインが神々しいのは認める。

「ほら、やっぱり何かあるから、『それではない』って言うんでしょ？」

まあ確かにそうなんだけど。でも言えないじゃん。

「このまま何も言わずに進む事こそ危険では？　私《わたくし》が何かを考えるにしても、ご主人様が仰ってくれない限りこちらでは対策の立てようがありません」

彼女の言う事は一理どころか百理ある。分かってはいるんだが、伝えられるか？　だって一般人にアホエロゲのアホ設定の上級伝えるんだぜ？　フェチ度合いが強すぎてこれもうわかんねぇな。

「そ、そうだよな」

やはり話さなければならないか。

「え、えっと。そのですね……ほら。子供ってさ大きく成長するために……ご飯食べたり、ミルク飲んだりするじゃん？　それはさ自然の摂理で、何か悪気があってそうしてるわけじゃないと思うんだ」

「ふむ、支離滅裂になってるな」

「嫌な予感しかしないわね」

「どれ、メイド力を上げておきましょう。はぁぁ……」

「ともかくその、だ。やっぱ人体には自然なことで、成長するために必要なことだから気にしないでほしいんだけど……」

「ハッキリ言いなさい」

覚悟を、決めよう。

「服がボロボロの状態で追加の攻撃を受けると……母乳が出るようになる」

「は？」

「ぼ、母乳が出る」

「なぁんだ母乳が出るのね。そっかあふふふふふ」

「はは、ははは……」

「ふふふ……ってはぁああ⁉」

「ヒエッ」

　今まで何度リュディは叫んだだろう。それはモンスターの咆哮《ほうこう》よりも響き、そして心に突き刺さる声だった。

「それは馬鹿なの？　馬鹿であるはずよね？　だって馬鹿以外考えられない。だから究極に馬鹿よ、バカバカ。全く馬鹿ねっ♪　ふふっ、お願い……もういいから馬鹿だといってよぅ……ばーかばーか！」

　リュディが壊れた！　この数秒で感情がバンジージャンプしてる。落ち着かせよう落ち着かせよう、そして俺も落ちつけぇぇぇぇ！　先輩も胸を押さえて体をそむけてんじゃねーか。

「おおお、落ちつけ！　ぼ、母乳が出るのは一日だけなんだ、一週間とかじゃない！」

「一日でも一週間でも出ること自体がダメに決まっているじゃない！」

　確かに……でも。

「しかしだな、なんでも母乳を出す機構を作る際に体の細胞を活性化させるらしく、健康に良《い》いとされていて」

「ち・が・う・わ・よ！　そういう問題じゃないの！」

ちなみに飲むとHPが回復する仕様だった。でもそんなことしゃべれるわけねぇ！　どうなるか想像もつかない。

くそっ。この場を収められるのはあのすまし顔をしているななみぐらいだ。

するとななみは「お困りですねご主人様」と俺のそばに来て頷《うなず》く。

「確認しておきたいのですが、母乳は淡麗派ですか？　濃醇《のうじゅん》派ですか？」

「お前は場を混乱させるな！　ただでさえデリケートな内容なんだぞ!?」

何が淡麗だよふざけんな！　母乳は酒じゃねぇんだぞ!?　人類の神秘であり天の恵みなんだ。生半可な感情で語ることは母乳フェチがゆるさねぇ！

「個人的にはクリーミーがよろしいかと。ね、ご主人様っ♪」

「やめろおれにどういをもとめるな」

なんか片言になってしまった。てか第三の選択肢選んでんじゃねぇ！

いや、そんなことはどうでも良い！

「くっそ、どうすればいいんだ」

「なあにご安心ください。すぐに飲むことが出来なくても冷蔵庫や冷凍庫に入れることで長期間保存することが可能です」

「違う、俺は保存方法を聞きたいんじゃねぇ。出ること自体に困ってるんだ！」

なんで飲む前提なんだよ！

「まあ、冗談はおいておきまして簡単な事です。なるべく攻撃を受けなければいいんです」

確かにそうではあるが、確かにそうだけど。

「最悪ご主人様にのん……」

「あーあーあーあーあーふぁ――――」

俺が声をかき消しているとリュディはななみに詰め寄る。そしてメイド服をつかんだ。

「なんでななみは落ち着いていられるのよ⁉」

そういえば以前のエロダンジョンでもそうだったよな。

「大人の営みをする事で能力が上がるダンジョンのことを聞いたことがございますので、まあこういったダンジョンもあるでしょう。感度三千倍にならないだけマシだと思いませんと」

それはどこぞの忍びじゃないと耐えられないな。いや彼女たちも大抵耐えられてないな。

「ななみの言う通りだな。最悪にならないように進めばいい、覚悟を決めていこう」

先輩がそう言ってリュディの肩をたたく。

リュディはななみの服を離し、だらんと腕を伸ばし脱力した。ＦＸでお金溶かした人みたいな顔してる。

　知ってるか？　彼女、エルフの皇女なんだぜ。

　出産すると母乳が出る、それは子供の時に母乳を飲んで大きくなる我々が知っているであろう理《ことわり》だ。

　しかしそんな一般的な視点で母乳を考えないでほしい。エロゲ界で母乳が出ることは出産したしてないは関係ない。当然のことである。エロゲ作品各々に独自理論があり、それに基づいて出るか、出ないかできまる。

　簡単に言えばディレクターやシナリオライターの匙《さじ》加《か》減《げん》次第である。

　またエロゲ界における母乳は一種の劇薬のようなものである。生命の神秘を雫《しずく》にしたようなものは、崇《あが》め讃《たた》えられることもあれば嫌悪するものも出る。賛否両論となるのだ。そのためゲームによっては設定で『母乳ＯＦＦ』機能を使用することで両者を満足させる作り方もできる。また母乳だけでなく精液やよくわからん液体の非表示などに対応している場合もある。いや、そんなことはどうでもいいんだ。問題は母乳が出ないようにするにはどうするか、なのだ。

「まず進む道を選択しなければならない。進める場所は……ああ、あそこに書いてあるな」

と俺は説明っぽいのが書かれている場所へ彼女たちを連れていく。

すけべえダンジョンではまずどのシチュエーション……もといどのフロアへ行くかを考えるのだが、選べるフロアはどれも個性的で狙っているであろう。だって。

「ええと進める場所は――」

『生命の神秘　―開放感あふれる草原―』

『放課後、空いてるか？　―取り壊し予定の旧校舎―』

『そこに立ってスカートをたくし上げなさい　―会議室テーブル横―』

『政令指定都市の迷宮《ラビリンス》　―繁華街の路地裏―』

『王道《オーソドックス》を征く　―深夜の人気がない公園―』

「――以上ね。ふざけてるのかしら？」

リュディはそう吐き捨てる。

絶対制作はふざけてるんだろうなぁ。個人的には『放課後、空いてるか？　―取り壊し予定の旧校舎―』が一番かな。ちなみに全ステージの攻略をするとエクストラフロアとして『走り出したら止まらない　―特急電車―』『書店の秘境　―専門書コーナー―』が開放されるんだよな。これらは難易度が高くて初見はかなり苦労した。

「露出狂が好みそうな場所が多いですね」

ななみの仰る通りだ。多分露出するシチュを考えてこの構成にしたんだと思う。認めてやる、天才だけど天災だよ。

「それで、どこにする？」

俺がそう尋ねると先輩が答えた。

「一番広く様子がうかがえそうな『生命の神秘　―開放感あふれる草原―』にしよう」

なかなか良いチョイスだと思う。単純に簡単に攻略するならば、『王道を征く《オーソドックス》　―深夜の人気がない公園―』もなかなか良いと思う。そういう趣味があると勘違いされそうなので口にださないが。そもそも否定できないし。

と行き先を設定し魔法陣に入る。

転移先にあったのは宝箱だ。もちろんアレが入っている。

「嫌な予感しかしないわね」

それは大当たりである。先輩が箱を開けるととても大きなため息をついた。

「また衣装があるのか……」

先輩が幾つかある衣装を見ながら呟《つぶや》く。ちょっと弱った感じと恥ずかしさが入り混じった声は最高です。

しかしこう何度も同じようにエロを繰り返すと彼女たちも慣れてくるようで、ぶつくさ言いながらも着替えを始めた。このままいけばいずれは超マイクロビキニでも文句言わなそう。段階的に開発しているみたいで心苦しい。

すぐに着替えを行い俺たちは転移魔法陣に乗り込む。


「幸助はそんな格好恥ずかしくないの？」

以前着たことがあり、動きやすそうということでバニーとなったリュディ、先輩、ななみ。リュディは体を隠すように手をおいているがその美しい体を隠せてないし、何なら恥ずかしがりながら隠している分余計エッチに見えるフィルターがかかってる。

先輩も同じように恥ずかしがっているようで、少し顔が赤い。ただ姿勢は堂々としていた。それに引き換え一寸《ちよつと》の恥じらいすらないななみと俺。

「恥ずかしいことなんて沢山あったからな。もう……なれたよ」

以前も似たようなことあったし、今更こんな服着たって恥ずかしくないね。それに皆のバニー姿に比べればスケスケ上着なんてとるに足らないんだよなぁ。てかまだ突入すらしてないのに俺の服は乳首見えるんだけど、デザインしたやつのセンスを疑うわ。

「ななみはどうなのだ？」

先輩が聞くとななみは猫のように手で顔を掻《か》く。

「きゃっご主人様見ないでくださいましっ。ななぴょんは恥ずかしさでフットーしそうだぴょん」

「より先鋭化されたな」

呟きながらため息をつく先輩。先輩の言いたい事はなんとなくわかる。

ええい、尻《しり》をふりふりするな！　しっぽのふわふわで顔を叩《たた》かれたい。

「ねえ、こんな格好でいるのも嫌だし、早く進みましょう」

「リュディの言う通りだ。瀧音、お前のことだ。もちろん下調べは済んでいるのだろう？」

俺は頷く。ミルク含めて全ＣＧコンプするくらいにはやりこんだからな。紳士として当然のことである。


そのフロアは雲一つない快晴だった。あたたかな日差しを浴びながら大きく深呼吸すれば、草と土の混ざった大自然のにおいを感じることができる。もしこの天気で朝を迎えられたら、最高の目覚めができそうだ。

しかしながら俺たちは一人を除いて戦場へ赴く戦士だ。ななみはたぶんピクニックに来てる。いつの間にかバスケット持ってるし。

「モンスターへの対策などはあるのか？」

「俺はダメージ覚悟で逃げる予定でした。ただ今は人数が多いし普通の攻略をしたほうが逆にダメージを蓄積させなくていいかなと」

「それに少し特殊なルールがあって、ダメージ受けることで肌を露出するごとに、攻撃力が上がるシステムが導入されている」

あ、殿下があきれていらっしゃる。先輩は顎《あご》に手を当てて考えている。

「ご主人様、エッチなポーズをすることで相手にダメージを与えられると仰っていましたね？　もしかしてそれはポーズによって攻撃力が変わるという解釈でよろしいのですか？」

「そうだ。そのなんというか、よりアレで、こう、ああん、な感じがいいんだ」

何言ってるかさっぱりわからない言葉を口走ったが、彼女らには通じたらしい。

「なるほど。……そう考えると非常に悩ましいな。諸刃《もろは》の剣だ」

そうなのだ。敵の弱点はエッチなポーズ。それも俺たちがエッチな格好でよりエッチなポーズをすればするほど攻撃力は上がるが、逆に言えば俺たちへの精神的なダメージも増える。だからこそ諸刃の剣と先輩は言ったのだろう。

「一撃で倒せるなら恥を忍んでする方がいいのかしら」

そう、今回何がダメなのかといえば、ダメージを受けすぎて母乳が出ることがダメなのだ。身体的にはそれ以上のダメージは無く、むしろ健康に良いし、体力回復する母乳が出るとしてもだ。

「なるほどな」

「はつみ様や結花《ゆいか》様が居ないのが心残りですね……ついでにルイージャ様」

ななみの言う通りだ。確かに姉さんはこのダンジョンで一騎当千となりそう。パンツをためらいなく渡してくる御仁だからな。結花もなんだかんだで強いと思うが、正直ルイージャ先生は未知数。

「ね、残念ですねご主人様」

そうか。ななみは強さのことを言っていたわけではないのか。確かに残念だけどそこまで増えたら俺の精神がもたないし、胸じゃなくて別のところからあふれそう。

「……おっと、冗談も言ってられなくなったようですね」

ななみの声に俺たちは戦闘モードに入る。現れたのはどこか見覚えのあるシルエットのモンスターだった。

「……女型ケンタウロスか！」

ケンタウロスといえば馬の体と人間の体が合体したような姿のモンスターであり、ファンタジー大好きな人からすれば非常に一般的なモンスターの一人である。その脚力から来る速度もそうだが、下半身がしっかりしているため後ろ蹴《げ》りも強い。さらには足腰がしっかりしているため、上半身で重いものを持ったり、大ぶりな攻撃をしてもそれを支える力がある。弓や槍《やり》の扱いも得意で、オールラウンダーとしても戦える。

つまり何が言いたいかといえば、普通に戦えば強いということである。

「厄介そうなモンスターだが、これはポージングバトルだ」

と俺が恥をかきに行こうとしたとき、すっと手で制止される。

「瀧音、私が行こう。いや。先輩として私を先に行かせてほしい。心配するな、私だって毎日訓練しているんだ。ただでは負けないさ」

「先輩……！」

なに、マジで超イケメン美女なんだけど。俺だったからキュン死で済んだけど一般人なら心臓麻痺《まひ》してもおかしくないぞ。

でも訓練って全くと言っていいほど反映されないよね。

先輩がとったポーズは薙刀《なぎなた》を構えた姿だった。

個人的な意見を言わせてもらえば、その姿はどう攻め込めばいいかがわからないぐらいスキがなく、先輩の攻撃範囲に入ったら切り捨てられそうな錯覚を覚えた。ただただ美しいポーズだ。

しかし格好がバニーであるため、エロさも健在だ。

すると先輩の前に魔力の塊のような緑色のハートが浮かび上がる。そしてそれは一直線にケンタウロスに飛んで行った。

ケンタウロスは甘んじてそれを受け入れると、彼女の服がまるで食いちぎられたかのように穴が開いた。

「ぁっんっっ！」

ケンタウロスは叫ぶ。見れば先ほどは服に隠れていた下乳が少しだけ姿を現しているではないか。

お母さんの後ろに隠れている恥ずかしがり屋の少女が、ちょっとだけ顔をのぞかせて様子を見るかのように、下乳が『こんにちは』をしたのだ。立派に成長したんだな！

「こんにちは！」と心の中で呟く。危なく口に出すところだった。

しかし相手も負けていない。彼女は右腕で大きな胸を持ち上げ、上目遣いでこちらを見る。

するとどうだろう。小さな黄色いハートが浮かび上がりまっすぐ先輩のほうへ飛んで行った。先輩は薙刀で切ろうとするも、まるで霧を切るかのようにハートを通り過ぎ、空を切った。どうやら物理攻撃じゃあれは消せないようだ。

そのハートが先輩にぶつかると、衣装が一瞬ピカッと光り、服が少し破れた。

「くぅっん……はぁはぁ」

いかん、先輩の声で卒倒するところだった。てかなんで二人ともエロい声出してんの？　そんなシステム知らないんだけど？

また横にいたリュディは唾を飲み込んでいた。多分だが、この糞《くそ》みたいなシステムが嘘ではないかと心のどこかで思っていたのだろう。現実を見て少し緊張感を持ったようだ。

ななみはどこ吹く風である。

「こ、今度は私が！」

そう言って今度はリュディが前に出るとポーズを決める。それは片腕を上げて脇を広げつつ、もう片方の手はおなかに添えるという、普通のグラビアにありそうなポーズだった。以前のダンジョンからちょっと間があったからだろうか。恥ずかしさが勝っており、どこかポーズが硬い。

しかし脇を見せつけるというエロさがあるためか、先輩よりも少し大きく赤みがかったハートが浮かび上がると、それはケンタウロスに飛んでいく。

そしてケンタウロスを直撃し、まるで何かを感じているかのような声を上げる。だがケンタウロスの衣装はまだ残っていた。

てかなんであんなにいっぱい破れてんのに、乳首ギリギリ隠れるような破れ方をするんだろう。深夜アニメがいろんなのに配慮したかのような破れ方だ。

ケンタウロスは少し怒った様子だった。そりゃあそこまでボロボロにされたんじゃ仕方ない。でもやっぱりエロい呼吸法をしてるんだな。

そしてケンタウロスが先輩の時と同じポーズをすると、またもや黄色いハートが浮かびリュディに飛んで行った。

今度はリュディの服が少し破れる番だった。かわいらしい叫び声を上げながら、露出した肌を隠そうとするリュディを網膜に焼き付け、美声とともに記憶を保存しながら呟《つぶや》く。

「くそ、よくも先輩とリュディを……」

「ご主人様、四つん這《ば》いです！」

俺はどうすればいいのか悩んでいると、後ろからななみの声が聞こえる。なんでアイツバスケットにおにぎり入れてるの？　一人だけ居る世界が違うんだけど。

一秒ほど悩んだ末、俺は四つん這いになる。

効果があるかはわからなかった。だってゲームでは伊織がエッチなポーズをしていたわけではなかったから。

そう思っていた時代が俺にもありました。男がポーズしてどうなるよ？　ちゃんと効果は表れた。しかし。

「なんで真っ黒なんだろうな」

「……なんでこんなに禍々《まがまが》しいのかしら？」

俺から現れたハートは、単純にどす黒かった。

今までは甘んじてハートを受け入れていた敵もそのハートに関しては恐怖を覚えたのか、自慢の足で逃げ出そうとする。しかしハートはしつこく逃げ切れない。

それが直撃すると彼女の服から黒い靄《もや》のようなものが生まれ、まるで酸でもかけられたかのように、ぼろきれとなり布は地面に落ちた。ケンタウロスは両手で胸を隠しながら、その場に膝《ひざ》をつくと苦しそうな声を上げる。……なんで苦しんでるんですかね。

「奇声を上げながら……のたうち回ってるわね。あっ倒れて動かなくなった」

リュディの言うとおりだった。ケンタウロスは息も絶え絶えで、体中から汗をかいている。だけど胸の手は離さない。

それが十秒ほど続いたのち、彼女に変化が訪れた。

「あっっ○▽◆×w☆●gイ∧っ×K」

急に嬌声《きょうせい》に変わったのだ。何語を発しているかはわからないが、もうやめてほしいと懇願しているのはわかった。

そして俺をとろんとした目で見つめながら、彼女は魔素となって消えていった。

「…………」

「…………」

先輩もリュディも沈黙している。悪いことをしたわけじゃないはずなのだが、非常に大きな罪悪感が俺にのしかかっており、彼女たちの顔を見れない。一体どんな顔をしているのだろうか。どんな顔をしていいのか。これもうわかんねえな。

「……さすがご主人様。相手の精神を破壊するほどのポーズに感嘆しかありません。一度でいいから撃ち抜かれてみたいですね」

口を開いたのはななみだった。しかしそれはフォローなのだろうか。

「もしかしたら服が、その、すべて破れると全員同じ状態になるのかもしれないし、気にするべきではないさ」

先輩はそう言って俺の肩を叩《たた》く。そして気を利かせてくれたのか、少しだけ話を変えた。

「大きさや色によって強さが変わるのだろうか？」

「多分そうじゃないかしら。でもなぜか幸助のだけなんかその、ちょっと禍々しかったわね？」

「でも最後は誰よりも幸せそうな表情を浮かべています。終わり良ければすべて良しハッピーエンドです。完結！」

そうなのかな？

「まあ、それはおいておくとして。服が破れてしまったな」

「いくつかあった服へ着替えるだなんてどうかしら？」

と先輩とリュディがそんなことを言う。

「いろいろ試してみるか？」

「いえ、ダンジョンのシステムに挑むのはやめたほうがいいかと。特にこういったふざけたダンジョンではふざけた罰が下る可能性があります。ないことも多いですけど」

「例えば？」

「一生母乳が出続けるかもしれません」

「やめよう、今すぐやめよう」

危険すぎる。マジで危険すぎる。

「……ゆっくりはしてられないようですね」

そうななみは呟《つぶや》く。またケンタウロスが現れたのだ。俺は自分の能力がどうなっているか知りたくてもう一度攻撃をしようと思っていたが、ななみが前に出る。

「ご主人様、私《わたくし》にヤらせてください。多分ですがこのシステムを把握しました」

そう言ってななみは自信に満ちあふれた様子で前に出る。なんでまだバスケット持ってるんだろう。

先に動いたのはケンタウロスだった。

ケンタウロスはその場でぐるぐると回ると手に持っていた槍を天に向かって掲げる。まるでオリンピックのロゴとかにありそうなポーズだった。

するとどうだろう、ケンタウロスの前にハート形の魔法弾のような物が浮かび、ななみに飛んでいく。それは黄色で人の頭くらいのサイズだろうか。

対するななみはバスケットからわざとらしく何かを落とし、それを拾う最中に体を止めた。

「なるほど、だからバスケットを持っていたのか」

感心したように頷《うなず》く先輩。俺も同じように感心してしまった。これは凄まじいぞ。

すぐにケンタウロスとは比べ物にならないくらいの巨大な赤いハートが生まれ、ケンタウロスに向かって飛んでいく。

ハートとハートがぶつかり合うと、黄色いケンタウロスのハートは消滅し、ななみのハートがケンタウロスを直撃する。

するとどうだろう。ケンタウロスの服は文字通りはじけ飛んだ。破れチラ見せとかそういう次元ではない。はじけ飛んだのだ。

現れるその豊満な胸を瞬間的に手でおさえ、エロい声を上げつつ悔しそうにななみを見ながら地団駄を踏み、魔素へと変わっていくケンタウロス。

色々悟りを開いたのだろうか、「あほらし」とジト目で見るリュディ。あ、口からも漏れた。また先輩は顎《あご》に手を当て何かを考えているようだった。

ななみの勝因は屈《かが》むことによる胸チラと、強調される太股《ふともも》、そして尻《しり》。単純なポーズではなく普段から起こりうる上にちょっとエッチなポーズを、偶然今起きてしまったかのようにしたことが評価が上がったポイントだろう。

そう、普通ではあり得ないエロよりあり得るエロを体現したのだ。

またバニーガールという足、尻が美しく見える衣装も評価されるべきポイントだったに違いない。

「まあこんなものですね」

「なるほどな、理解したくはないがなんとなく仕組みが分かったよ」

先輩はそう言って悲しそうな表情を浮かべる。エロい格好をすればするほど強くなることをしっかり理解したのだろう。

「今日は忘れられない日になりそうだ」

「そうですね」

俺は同意する。先輩のコスチュームをこっそり見ながら。いろんな意味で忘れられないし、一生忘れない。記憶喪失になってもここだけは欠損させない。

戦闘を踏まえその後の方針は単純に『逃げる』だった。

どうしても戦わなければならない時に戦い、それ以外では基本戦わないようにする。

しかしそれでも一生分目の保養をしたのではないか。それぐらいに戦闘をこなした。先輩もリュディも満身創痍《まんしんそうい》（※肉体的には元気なはず）、俺は二人ほどではないが心が重傷、ななみ無傷という不思議な状態で俺たちはラストフロアへたどり着いた。

「ようやくたどり着きましたね」

ななみがその転移魔法陣を見て呟く。

「よぉぉおうやく、終わるのね……」

リュディは心の底から吐き出すような声でそう言った。

「ふむ、だがあの転移魔法陣に乗って終わりとはならんのだろうな。警戒しながら行こう」

そう、ここには一応ボスモンスターがいる。

選ぶフロアによってはボスがいないところもあるのだが、そこはどうしてもダメージを多く受けやすいフロアだし、何よりそこを選んでしまったらみんなにその趣味があるのかと言われそうで選べなかった。最初はダメージ覚悟でそこを突っ切ろうと思ってたんだよなぁ。

「来る、か」

先輩は呟く。俺たちがゴールである転移魔法陣に近づくと、足元が光りだす。それは巨大な魔法陣だった。

そして今までに見たことない大きな魔法陣から光の粒子が集まっていく。何が出るかといえば……二匹のギョブリンだった。ドラ○エのスライム以下とか体当たりを覚えていないコイキ○グとかさんざん揶揄《やゆ》されたギョブリンである。

先輩たちは驚いていた。なぜギョブリンなのか？

でもそんなの簡単である。

魚の頭してるくせに泳ぐことができない上に、そのアホみたいな見た目、そして全モンスターで最弱。そんな奴にエッチなポーズをしなければならない。

こんな雑魚《ざこ》に……というプライドを踏みにじられるような怒りと、そしてコスチュームとポーズからくる羞恥《しゅうち》と、ほんの少しの快楽に酔うキャラクター達。彼女らを想像するだけで、紳士淑女《エロゲプレイヤー》達はドバドバと脳汁を垂れ流すことは間違いない。

ちなみにゴブリンやオークが最後に出てくるところもある。いろんな意味で定番モンスターだからな。

「ぎょぎょっ」

先輩とリュディはまだぴんと来ていないようだが、ななみは瞬時にそのギョブリンの厄介さに気が付いたようだった。

「激戦が予想されますね……私《わたくし》でも無傷では済まない可能性がございます」

と最初に動いたのはギョブリンだった。一人？　一尾？　一匹？　どう数えれば良いのかわからない見た目のギョブリンがこちらに尻を向けるとそのまとっているぼろきれをめくる。つるりとして意外にきれいな尻でなんかむかつく。

するともう一匹がその尻に向かって手を振り上げる。そして思い切り連打した。

「尻ドラムだと……」

「まずいです、ご主人様ズボンを脱いで四つん這いです！」

なんでななみは馬用の鞭《むち》を手に持ってるの？　いやさすがにそれは無理だ。てかもうハート来てる！

すぐに俺は向かってくるその大きな紫色のハートにぶつかりに行く。多分リュディと先輩はこれを食らえばもう後がなくなるだろう。てかいろんな意味でアウトだろう。

襲ってくる快感に歯を食いしばりながら、ふと思う。リュディとかが気持ちよくなるのはこのエロゲ世界的にわかるんだけど、なんで俺まで気持ちいいんだろうね。

「大丈夫ですかご主人様!?」

装備には問題があるかもしれないが。だってほら、さっきの攻撃だけでなんで大事なところが見えないのか不思議なぐらいになってるもの。

「ちょっと、幸助……ボロボロじゃない！」

「瀧音、大丈夫か。ふむ、あの攻撃は厄介だな」

「コンビで来られると厄介ですね。二匹を離しましょう、私《わたくし》が一匹を受け持ちます」

までどうやっておびき寄せるんだ？　なんて思っていたらななみは一匹のギョブリンに向かって石を投げる。そしてそれが当たったギョブリンに「べー」と変顔すると簡単に釣れた。

「あほらし」

リュディ様は冷めた目で見てらっしゃる。

「瀧音、リュディ。二人とも急げ。ななみが作ってくれた好機を逃すな」

と先輩はもう一匹のギョブリンに向かってポーズを決める。しかしなんということだろう。ギョブリンは目をぱっちり見開いてガン見するではないか。しかもポケットからカメラみたいなのを取り出してやがる。

「くっ卑怯《ひきょう》な……！」

まるでドラゴンに睨《にら》まれたかのように静止する先輩。あんな変態チックな奴に、カメラっぽいやつを向けられガン見されたら……そりゃエッチなポーズしづらいよなぁ。

ななみはどうだろう。と軽く視線を向けると、そこにはなぜか学校で使う学習机と椅子があって、そこで手を挙げて立ち上がるななみの姿があった。それによって現れた巨大なハートをギョブリンは全身で受け地面でうなってる。

もうあそこは意味わからん。

俺の視線に気が付いたのか「こんなこともあろうかと、取り寄せておいたのです」と叫んだ。こんなこと想定するとかおかしいだろ。

視線をこちらに戻すと、先輩はひるんだもののポーズを決めていた。また横ではリュディも同じようにポーズを決める。あ、フラッシュついた。いくらお金を積めばあのカメラを譲ってくれるのだろうか？

現れたハートを余裕の表情で受けるギョブリン。すぐに俺もポーズを決めるもそれも簡単に受けきられてしまった。

ボロ布しかまとってないくせに、どれだけ防御力高いんだよ。『ただのぼろきれ＋99』かな？

今度はギョブリンの番だった。見たくもないM字開脚をしたギョブリンからは黒く禍々《まがまが》しいハートが出来上がり、それが俺たちのほうへ飛んでくる。

しばらくミルクは飲みたくなくなりそうだな。そう思いながら俺が前に出ようとした時だった。

先輩とリュディが俺の前に出たのは。

「ぅぅうううくっっぅぅぅぅ」

「ぁぁぁああやぁああぁぁっぁぁ」

「先輩っ、リュディっ!?」

乳ちちち?!?!

危なかったもう少しでエロゲのタイトルを叫んでしまうところだった。いやそんなのどうでもいいんだ。

多分俺の服が限界なのを知って二人は飛び出したのだろう。しかし先輩とリュディの服だって限界になってしまった。リュディは自分の胸を腕で隠すも、下乳は公開されている。

ふらふらとする二人に俺は駆け寄る。

まるで二人は体中から汗を吹きだしているようだった。倒れそうな二人を支えると彼女たちはべとべとで、それになんかよくわかんないけど体臭とシャンプーと女性のいいにおいが鼻に入ってくる。そしてあたたかくてやわらかい。先輩の腕を俺の肩にかけて腋《わき》をオープンしているのだが、いいにおいしかしない。てかリュディがもう立てないのか完全に体を預けてきているんだがすごくやわらかい。いま俺どこにいるんだろう。天国かな？

「瀧音、いまなら私たちの攻撃力は高いだろうか」

俺は頷《うなず》く。俺の自我は崩壊を始めかけてるくらいには強力だ。

「これで決めよう」

そう言って二人は歩き出す。

二人の服は満身創痍だ。もう、いつ大事なところが露出してもおかしくない。つまり最強の武器を持っているようなものなのだ。

逆に言えば、ここで決めなければ、もう後が無いのだ。

しかし無情にもギョブリンはさらにこちらを攻撃してくる。また尻をこちらに向け自分で叩《たた》く。

現れるどす黒いハート。満身創痍で飛び出そうとした先輩を俺は横に押し飛ばす。

そして笑顔で先輩とリュディを見た。彼女たち二人に心で呟《つぶや》く。

ありがとう。

「こうすけぇぇぇえええええええええええええ」

ギョブリンのハートは俺に衝突した。湧き上がる快感と心と体の解放感がそこにはあった。

「リュディ、いくぞ。瀧音の仇《かたき》だ！」

先輩の声に意を決したリュディは肌を隠していた両手を離した。俺はなんだか賢者タイムのような一種のスイッチが入ったような状態で彼女たちを見た。そして思ったのだ。

…………ああ、そうか。これが世界。

もし出来るのならばこの瞬間を絶対に風化しない石版に刻み込むべきだ。何千年と続く遺産として残さなければならず、人類が存続する限り語り継がれるべき究極的なエロスだ。

ほら、恥ずかしさを隠しきれず少し中途半端になっているリュディ、開き直ったていを装いながら、どこか恥ずかしがっているためか変なポーズになっている先輩。

そのエロいのだが羞恥のあまり中途半端になっているポーズと恥ずかしそうな表情とエッチな体の淫《みだ》らなハーモニーが俺を責める。焼き尽くす。

ああ、なんて、なんて尊いんだ。言葉に表すことが失礼なぐらい、それは尊い。

口をぱっくりと開け惚《ほう》けた表情でその様子を見ていたギョブリンだったが、ゆっくりと優しい笑顔に変わる。あれだけ強かったあのギョブリンが魔素になって消えていく。カメラはその場に落ちた。

ギョブリンも本望だろう。だって聖母マリアの慈愛を受けたかのように、あんな心穏やかな笑顔なんだぜ？　あんなの見せられたら、しかたがねぇよな。正直俺も色んな意味で昇天しそうなんだなこれが。

少しして無傷のななみは俺に近づいて言った。

「ご主人様……その。朕《ちん》かける2です」

なに？　朕が二人？　いやチンを二回ということか。もしかして『Chinchin』？　アルメニアのタヴシュ地方にある『水晶の水』という意味の町チンチンのことだよな。

そんなわけねーよな。

すぐに俺は手で股間《こかん》を隠す。先輩は俺に近寄り恥ずかしそうな、心苦しそうな表情で俺に布をかけてくれた。そして消え入りそうな声で教えてくれた。

「瀧音、その………お前の胸を見てほしい」

俺は先輩の視線の先、自分の胸を見る。

終わった。

三章 それぞれの思惑

▶ » « CONFIG

Magical Explorer
Reincarnated as a Eroge Hero's Friend, I'll live freely with my Eroge knowledge.

―カトリナ視点―

「アイツは摑《つか》まらないわけ？」

「幸助《こうすけ》君は心に大きな傷を負ったとかなんとか。それにしばらく忙しいんだって。仕方ないからあの本の名前を出したんだけど、今度は返答自体がなくなった」

ほんっとイライラする。

「じゃあ直接聞けないわけね。この大事な時にあんのクソ野郎。家でつまんない漫才とか、くっだらないダンジョン攻略でもしてたらぶっ飛ばしてやる」

「まあまあ。彼の事だから今回も何かしら考えがあるんだよ、何かを知っていることは間違いないだろうしね」

「ほんっとなんなのマジでアイツ。しかも考えなきゃいけねーこといっぱいだしふざけてんの」

グチグチと話した後、アタシはため息をつく。

「……なんでアイツはあんなダンジョンを紹介してきたのよ？」

「本当にそうなんだよね。僕も直接聞きに行きたいところなんだけど……昨日発見したアレがあるからね」

　その言葉の続きは無い。それは早計だ。まだ出来ることがあるし、なにより解析を頼んでいる。あの変人に。

「すっごい嫌そうだね、ええとアネモーヌ大丞《たいじょう》が苦手なんだっけ？」

「アタシの勘があの女はヤバイ、ってずっと言ってんのよ」

「ま、まあ確かにいろんな意味で……まあ彼女のことはともかく、まず僕たちだ。副会長も準備できたって言ってたし」

「そろそろリュディも来るはずよ。あの子、絶対に少し早く来るから」

「そうだね……ねえ里菜《りな》は二人が知っていると思う？」

　アタシは首を横に振る。そんなの分からない。なんせアイツのことだから。

「知っていても知らなくてもおかしくないんじゃねーの」

「そうだよね」

　と、会話が途切れる。少しして彼女達は現れた。

「お待たせ二人とも」

「おはよーお兄ちゃん。カトリナさん」

「ごめんね、急に呼び出して」

伊織《いおり》がそう言うと、リュディはにっこり笑う。

「大丈夫よ、それでどうしたの？」

伊織が一瞬こちらを見た。だからアタシは頷いた。

「ちょっと攻略が詰まってたんだ。二人はどんな感じかなって思って」

とリュディは結花《ゆいか》の顔を見る。

「ツクヨミ学園ダンジョンには行ってないけれど、力をつけている自覚はあるわ。最近は……」

アタシは首を傾げると彼女は説明をしてくれた。しかし信じられなくてもう一度聞いてしまう。

「アイツ、本当にそんなことやってんの？」

もう呆《あき》れのため息しか出ない。その言葉にリュディが頷く。

「ええ、ものすごい効率でね」

彼女が言うには強くなるために必要な魔素を凄《すさ》まじい勢いで集めているらしい。

ちょっとリュディに嫉妬《しっと》してしまう。ただでさえ離れていたアタシとリュディの力の差が、またしても開いてしまうから。

どうでもいいけど心に大きな傷を負ったのも事実らしい。このダンジョンとは別件らしいが。

「レベルは確かに上がるんだけどねぇ、代わりにお金が湯水のように飛んでいくの。信じられるお兄ちゃん？　ウチじゃ到底考えられないよ」

「へぇ、そうなんだ。ちょっと僕も気になるな。その幸助君の魔素集め」

「お金の消費をなるべく抑えた簡易版の無償公表も検討してるみたいよ。伊織君やカトリナさんだったらすぐにでも教えてくれるんじゃないかしら」

「アタマおかしいんじゃない？」

思わず口からでた。

その方法を公表とか、何考えてんの？　としか言いようが無い。しかもそれは。

「まあいきなり始まったわけじゃないのよね。しかも幸助ったらダンジョンで使ったお金を全て自分持ちにしようとしてるの」

効率的な魔素集めについてぼかしながらリュディがそう言うと、結花がうんうんと頷く。

「リュディさんの言うとおりなんだよ、お兄ちゃん。私たちがそのことを言ってもきょっとーんって『えっ、別に貰《もら》うつもりなかったんだけど』なんて真顔で言っちゃうし。一度ぶん殴ってやろうか迷ったし」

結花は昔見た異世界転生最強物の主人公を見ている気分になった、なんてよく分からないことをプリプリしながら言う。

「笑顔で幸助叩いてたわよね」

「喜んでたからいいじゃないですか。それにあれだけで済ませた私を褒めて欲しいです」

すると伊織が苦笑する。

「あぁ～多分喜んでないよね……」

「瀧音《たきおと》さんはネジがはずれてるどころか頭の中が宇宙だからね。何考えてるのか分かんない。お兄ちゃんもそう思うでしょ？」

伊織は、確かにそうだねと、結花の言葉に同調する。

「そうなんだよね。僕も幸助君が何を考えてるのか分からないときがある。だからこそ今日二人を呼んだんだ」

だからこそ、私たちを呼んだ？　とリュディが返す。

「二人は知っていると思うけど、幸助君は僕にいくつかダンジョンを紹介してくれているんだ」

アタシと結花は頷く。確かに幸助は伊織に限らず皆にダンジョンを紹介している。

「それでなんだけどね、最近その紹介してくれているダンジョンに意味があるような、そんな気がしてならない事が起きてる」

どういうことだ、と思い結花を見る。しかし彼女は首を傾げていた。

「やっぱり二人も分からないか……水守《みずもり》副隊長にも聞こうと思ってるんだけど……」

「雪音《ゆきね》さんには私が聞いてみましょうか？　それよりも幸助に直接聞いた方が良いかもしれないけれど」

「そういえば最近雪音さんちょっと忙しそうですよね？　しかもよそよそしいし」

　と結花が言う。

「そうなの？　でも水守副隊長は普段から忙しそうじゃないかな」

「まあそうなんですけど、なんか変なんですよね」

「そっか。じゃあやっぱり幸助君かな……って言いたいところなんだけど」

「アイツ、ぜんっぜん摑まらないのよ。家ではどう？」

　伊織の言葉を引き継ぎアタシが聞く。しかし、彼女らは顔を見合わせて。

「別に普段通りよね？」

「そうですねぇ、お兄ちゃんが気になるなら家で聞いてみてもいいよ？」

「まあ、そうなんだけど、話さないような気もするんだよね。それにななみさんも同じだと思うし」

　あのメイドが話す事は想像出来ない。伊織を見るとどう切り出すべきか困っているようだったのでアタシが口を挟む。

「あの本のこと聞いてみればいーんじゃねぇの？」

「そうだね……ごめん二人とも。一旦《いったん》この話はおいておいて、別で聞きたいこともあるんだ」

　そう言って伊織は真剣な表情をする。

「二人は『ラジエルの書』って知ってる？」

「ラジエルの書ですか？」

　リュディと結花は顔を見合わせる。

「伝説的な話なら知ってるけど……。あっ、もしかしてお兄ちゃんゲットしたの？　見せて見せて～」

　結花は笑いながら冗談交じりにそう言った。彼女達は本について知らない？

　笑顔の結花とは対照的に、伊織の表情は晴れない。

「持ってないよ、でもそれが実在しているかもしれないと言ったらどうする？」

　それを聞いて結花が真剣な表情になる。もしラジエルの書が実在するのだとしたら。

「最悪の場合戦争になるわね」

　リュディの言葉に伊織は頷《うなず》く。

「だから僕は情報を共有したいんだ。それに、もしかしたらだけど戦争とは別にやっかいなことになるかもしれない」

　戦争とは別にやっかいなこと？　それは一体何だろう。

「……お兄ちゃん達ほど知識がないと思うけど、ラジエルって有名な天使よね」

「私も結花ちゃんと同じくらいの知識しかないと思う。天使の中でも神に近い存在で、世界の秘密を知り尽くしていると言われる大天使」

「二人の言うとおり、ラジエルは知識をつかさどる大天使だ。その大天使が持つラジエルの書にはありとあらゆる事が書かれている。世界の理《ことわり》さえも」

リュディは頷いた。

「ラジエルにそのラジエルの書を与えられた人が居たのだけれど、ラジエル以外の天使達がその貰った人に嫉妬しその本を奪って封印してしまうのよね」

リュディがそう言うと結花は頷く。

「結構昔に読んだから……うろ覚えなんですけどー、そのラジエルの書を読んだ人は得た知識で世界征服を企《たくら》むんですよね。あれ、本を入手した人が暴れるんでしたっけ？」

「調べてみたんだけど、結花の言うどちらの説も存在するよ。本を入手した人が、世界に対して何かしらアクションを起こしている説の方が多いね」

多分法国《ほうこく》の人でもない限り彼女達と同じぐらいの知識の人が大多数だろう。昔話やら絵本で読んだ、そんな人だらけだと思う。

「お兄ちゃんは実在するかもって言ったよね？　そのラジエルの書が？」

「うん。実はダンジョンの奥でラジエルの書について書かれた文献をいくつか発見したんだ。それも幸助君が紹介してくれたダンジョンで」

「ま、見た目は文献じゃなくて紙切れみてーなもんだけど」

一応、補足しておく。かなりボロボロだったし読めない文字で書かれていた。

「そこに書かれていたのは昔に起こった出来事、ラジエルについてとか。それで、いくつかの文献を信じるなら、そのラジエルの書には封印がされているらしいんだ」

「封印？」

「うん、封印。あまりに危険な物だから封印が施されたんだって。だけどその封印がもう解けてもおかしくない時期なんだ。封印が解除される前に再封印をしなければならない。そんなことが書かれていたんだ」


ただ、と伊織が話を切る。


「僕はちょっと疑問なんだ。なぜ処分ではなく封印だったのか？」

「そうね、そんな危険な物なら処分してしまえば良いのに」

アタシはそう言う。結花を見ると難しい顔で何かを考えていた。

「処分出来ない理由があったんですかねー？」

それは一体何だろうと考えてみたが、情報が少なすぎる。ただ言えることは。

「処分なり再封印なり出来るなら、した方が良いと思うっつー話なのよ」

「うん。僕らはそう思ってみんなや先生達に話をしようかなって思っていたんだ。けれどね、ちょっと待って欲しい」

「根本的にその情報が本当に正しいか分からない」

　皆が頷く。まあそうだろう。

「ただ、ダンジョンで入手した情報は、昔聞いたおとぎ話とは違っていて、ほとんどが一貫している。だから本当にあり得そうだと思って僕たちは行動している」

　結花が僕たちねぇ、とため息をつくように呟《つぶや》いた。

「ダンジョンで手に入れた資料だし、お兄ちゃんの言っていることもなんとなく分かるけど……」

「もうちょっと聞いてほしいんだけど、僕が本当にその資料は正しいのかと疑問をいだく理由の一つに、その文献には天使ラジエルが堕天したという情報があったんだ」

「ラジエルが堕天した？」

「そう、堕天。ラジエルの書を持ったまま堕天して暴れ回ったって書かれていたんだ。でもラジエルは大天使って世界のおとぎ話とかには残ってるじゃないか。だから本当に堕天したのか疑問なんだ」

　ただ……と伊織はため息をつく。

「ダンジョンで得た文献は一貫して、ラジエルがラジエルの書を携えて暴れ回ったように読み取れるんだ」

　それを聞いた結花は眉間《みけん》に皺《しわ》を寄せた。

「……ねえ、お兄ちゃん。もしかしてラジエルの書ってラジエルと一緒に封印された、って事はないよね？」

「うん。僕が戦争とは別に、やっかいなことといったのはその事」

　もし堕天していて一緒に封印されていたのだとしたら。

「封印が解けて暴れ回る、襲いかかる。最悪の場合だね」

「っはぁーっ。なんか、色々いやになってきますね」

　ぼそりと結花が呟く。それを見たリュディと伊織は苦笑した。

「二人とも察しが良いね。そう、それなんだ。文献によるとその封印場所が学園辺りにあるらしい、だけど詳しいところは分からない。分かればその場所に行って現物を見るんだけど……それでちょっとした疑問が浮かんだんだ」

　と伊織は言葉を切る。小さく息を吐き続きを話し始めた。

「そもそもだけど、すでにラジエルの書を入手した人がいるんじゃないかって」

「まっさかぁー………………あぁーそっか」

　頷くリュディを見るに、彼女もその人を思い浮かべている。

「生徒会の人とも話したんだけれど一人、非常に怪しい人物がいる」

「それは幸助？」

　リュディは彼の名前を挙げる。アタシは肯定した。

「アイツは行動がおかしい。誰もが知らなかったダンジョンの情報を提供し、誰よりも早く強くなって行く」

「まるで彼はラジエルの書を見つけたかのようだよね」

　アタシの言葉を伊織が補足する。

「んまぁー、確かにそうですよね」

　と結花は納得する。

　花邑《はなむら》家に居候しアイツといる時間が長いであろうリュディ。彼女は視線を落とし何かを考えているようだった。そんなリュディを尻目《しりめ》に伊織は話を続ける。

「彼が実は大天使ラジエルを利用するため、もしくはラジエルに操られていて、封印を解くために動いているんじゃないかって、考えることも出来るよね？」

「でも瀧音さんがそれを持っていたとしたら、おかしな行動がありますよね？　自分だけ強くなれば良いのに、なんでダンジョンの情報を教えるんですかね？」

「それが幸助君の策略だとしたら？」

「ふーん。そっかぁ。ははは、面白いこと言うねお兄ちゃん………ははは……」

　ひとしきり笑った彼女は、

「論外にもほどがあるよ、お兄ちゃん」

笑顔のままそう言った。

「それは結花の感情論じゃなくて？」

「感情論でも理論でもそうだよ。お兄ちゃんは知っているだろうけれど、瀧音さんは馬鹿だけど、馬鹿じゃないの」

「馬鹿だけど馬鹿じゃないって……」

「瀧音さんは隠し事が多くて、変態で、たまにおっさんじみたことを言うし、年上もロリコンもいけるけれど」

ちらりとこっちを見る結花。

「し、辛辣《しんらつ》すぎないかな」

まあなんとなく分かるけど、一つ言わせてもらうなら。

「なんでロリコンでアタシを見るのよ」

シカトかよ、まあ多少自覚はあるけど。

「私が簡単に思いつくような事をしないのはおかしいよ。お兄ちゃんの言いたいことは分かる。でもそれなら瀧音さんの行動にも疑問が残る」

「結花が簡単に思いつくこと？」

「瀧音さんが何かを企んでいるとして、それならばわざわざ自分の命を賭《か》けてまで私を助

けたりするかな？」

「そう言われれば、私も幸助がいなかったら存在していないかもしれないわ」

「いえ、リュディさんは別です。自分の肩書きを忘れています。だって美人なエルフだし皇女じゃないですか！　私なんかと違って利用価値限界突破ですよ。いえそういうのはどうでも良《い》いんですっ！」

　バンと机を叩《たた》く。

「お兄ちゃんは本当に、あの『瀧音さん』が、そんなことをすると思う？」

「それは……」

　彼は言いよどむ。そして結花は伊織に詰め寄る。

「お兄ちゃんが何を考えてるか、手に取るように分かるよ。だから……誰に入れ知恵されたか、早く話して」

　そう結花が話すと伊織はアタシを見る。アタシはもうだめじゃね？　と首を横に振る事しかできない。

「すみません。犯人は私です」

　とそこへ一人の女性が現れ、話を遮った。

「フラン副会長？」

　結花のつぶやきに頷《うなず》くと眼鏡を直しつつ申し訳ございませんと頭を下げた。

「試しておいて言うのは少々アレですが、実を申し上げると私たちは瀧音君を疑ってはいませんでした」

ふーん、と訝《いぶか》しげな目で結花は副会長を見る。

「っはーっ、そうでしたかーやっぱりそうですよねー」

口とは裏腹にジト目のままだ。あからさまで隠せるのに隠そうともしない姿を見て副会長も苦笑する。

「しかし、確認はしなければならないという意見は一致しておりまして、それでお聞きした次第です」

「でも、幸助が何かを知っていて、動いているのは間違いないと思うわ」

「ですねー独断行動大好きですからね」

リュディがそう言うと結花は同調する。

僕たちもその意見は一致していると、伊織が頷く。

「ラジエルの封印があると、思うかな？」

「ラジエルに関して何かしらがあるわ。また学園が関係しているとも思う。封印が解けそうで時間がないとも」

そうリュディは答えた。そして結花も頷く。

「それなら以前の幸助の行動に納得がいくから」

そう言ってリュディはちらりと副会長を見つめる。

「幸助やななみがはぐらかすなら、この際おいておきましょう。二人に聞かずに大きな情報を得る方法ならある。私たちはあの人に聞けば良いのよ。私や結花ちゃんならすぐ聞ける」

「毬乃《まりの》さん、花邑毬乃学園長に」

フラン副会長が式部会のあの女に呼ばれ離脱後、すぐに学園長の部屋に向かった。面会に時間がかかるかと思っていたが、そんなことはなくそれはもう簡単に室内に入れてくれた。

「ふぁぁああーおっっっいっしーですね、このお菓子」

学園長室のソファに遠慮なく座り、目をキラキラさせた結花はお菓子を口いっぱいに頬張る。

しかし相手は花邑毬乃である。この学園のトップであり、魔法界で大きな権力を持つ上に、花邑グループの一員である。

「結花っ……！」

相手が相手だからだろうか。伊織は小声で注意するも、学園長に対してその必要はないようだ。

「伊織君ったら、そんなこと気にしなくて良いわ。貴方《あなた》もどんどん食べてね」

結花達を見つめながらニコニコと笑う学園長。

「それで、聞きたい事って何かしら？」

遠慮のかけらもない結花が気になるようだったが、伊織は話しはじめた。

「学園長は……ラジエルの書をご存じですか？」

学園長は表情を変えず、

「へえ、それ、コウちゃんにも似たような事を聞かれたわね」

そう言って学園長はクスクスと笑った。置かれた紅茶に手を伸ばす。

「どう回答するのが良いかしら……知っているけれど、知らないというのが正しいのかしら」

「それはどういうことですか？」

「存在していることは知っている。ある場所も知っている」

「知っているんですか!?」

伊織が驚いた様子で聞き返す。それに笑顔で頷いた。

「でもここまで調べたからには、伊織君はすでに何か目星はついている、そうでしょう？」

「それは……」

伊織は言いよどんだ。そして笑顔を崩さない学園長は頷く。

「ごめんなさいね。変な言い方をして。実はね、私も詳しくは知らなかったの。でも最近そのことについて知った」

「どういうことですか」

リュディの問いに、毬乃さんが頷く。

「私が詳しく知った理由が、コウちゃんよ。実はね最近コウちゃんから同じような話をされて……その詳しい場所の話まで出てきたの」

「っはぁーっ……！」

「もう、やっぱりっ……！」

大きなため息を吐く結花。そして伊織が悔しそうに呟《つぶや》く。やはり幸助は色々と知っている。

「伊織君が知っている情報を教えてくれないかしら。そしたら私の知っていることを教えましょう」

「僕達の調べでは……ラジエルの書は実在していて、封印されている場所がこの地域である事が分かってるんです」

「うんうん♪　それで？」

「そして天使ラジエルは堕天している可能性がある」

「あらあら」

笑顔のまま、相づちをうつ毬乃さん。その顔には驚きはない。そして期待に満ちた目で伊織を見つめた。

「ええと、ここまでです。それで学園に詳しい学園長なら、何かご存じではないかと思いまして」

「以上……？　そっか。そうよね」

へぇと学園長は頷く。そこでようやく表情が驚きに変わった。

「毬乃さん？」

アタシが毬乃さんの思考に疑問を抱いていると、毬乃さんは何でもないわと話を切りだす。

「ラジエルの書がどこにあるか、天使ラジエルは堕天しているか、その辺りを知りたいのね？」

そうです、と伊織は頷く。

「私もコウちゃんの受け売りよ。それでもいいなら……」

毬乃さんは不意に首を傾げる。

「そういえば……コウちゃんからは話さないでと言われていないし、まあいいわ。うん、話して良いわよね♪」

その言葉を聞いてリュディは苦笑している。もしかしたら以前何かあったのかもしれない。

「そうねぇ。ラジエルに関して話す前に前提として聞いて欲しいの。この学園の規模は世界を探しても比類ないわ。アマテラス学園やスサノオ武術学園と比べてもね。結花ちゃんはそう思わなかった？」

　話を振られると、真剣な顔をしていた結花が渋い表情を浮かべた。スサノオ武術学園のことを思い出したのだろう、結花は頷いた。

「思いましたよー！　ここって、そもそもの敷地が広すぎなんです、まったく。こんなに広いと全然覚えられないですよ、ここはダンジョンですかっ」

「ふふふっ、ふふふふっ」

　毬乃さんは声を出しながら笑う。

「ダンジョンね。確かに小さなダンジョンの一フロアなんかよりも広いわ」

「転移魔法陣で移動って、初めて聞いたときに、っはぁーっ？　って思いましたよ。今では納得です」

「そうそう。だからこそ、よ。私は学園を完璧《かんぺき》に把握できているわけではないの。もちろん学園にいる誰よりも知っているとは思うのだけれど」

　それは当然だ。上に行けば行くほど、一人で全ての把握と管理は無理だ。ある程度を他の人に任せなければならない。

　リュディのトレーフル家でもそうだろう。彼女の父は皇国の領地の全てを知っているわけではない。その土地その土地に管理者を置いて彼らに任せている。

それは自宅のような小さな場所だってそうだろう。庭の手入れは庭師にお願いするし、その庭師は信頼している執事が選ぶ。庭の隅々まで見ているのは庭師であり、父親ではないはずだ。

「コウちゃんは『図書館』と言っていたわ」

「図書館……」

伊織は目を大きく見開いて、そしてため息を吐いた。

「ええ、図書館。伊織君は予想できていたのかしら」

「仮に学園にラジエルの書があるとして……候補の一つが図書館でした。木を隠すなら森って加藤《かとう》さんが」

とアタシに視線がくる。

「ごめん、それ適当」

それを聞いて伊織が、だよねと呟いた時だった。

伊織は着信があったらしくツクヨミトラベラーを取り出す。そして顔色が変わり、アタシのほうを向いた。

解読が終わったのだろうか、伊織は画面をこちらに向ける。

今すぐ来てほしい。そういった内容だった。

「……話している途中にすみません学園長」

「気にしなくていいわ。私の話はほぼ終わっているから。あとはコウちゃんに聞くと良いでしょう」

学園長はそう言った。アタシたちはお礼を言って退室しようと立ち上がると彼女はリュディを呼び止める。

「ああ、そうだわ。リュディちゃんにちょっと話があるの」

そう言われ伊織、結花と三人でお礼を言って退室する。

「……違和感があるんですよねぇ」

退出後、結花の第一声である。今も腕を組み「うーうー」とうなっている。

「何かを隠しているのは間違いないんだけどなぁ。うーん」

驚いた。まさか同じことを思っている人がいるとは思ってなかった。

それを聞いて伊織は首を傾げる。

「確かに、何かを黙っているとは思うけど、それは学園長の立場上言えないことじゃないのかなぁ?」

「っはぁーっ、これだからお兄ちゃんはお兄ちゃんなんですよ。だからお兄ちゃんなんですし、それでこそお兄ちゃんだなーと思うんです。でもやっぱりお兄ちゃんかなぁ」

「どういう意味かは分からないけれど、なんとなく馬鹿にされてるのは分かるよ」

「一応フォローもあるんじゃねーの？」

多分だが。つーか結花は『お兄ちゃん』という言葉に何個意味があるんだろ。

「会話の主導権を握るのが得意な人は、話を誘導することなんてたやすいんですよ。とりあえずリュディさんにメッセージ送っておきますかね」

とツクヨミトラベラーを操作する。

「それとこれとは別にぃ、お兄ちゃんはぁー何を隠しているのかなー？」

結花の問いに、伊織が目線をさまよわせ、頬を掻《か》く。

「別に隠してたというわけじゃないんだけど……」

頬を掻く伊織に結花は早くしゃべろと言う。

伊織は折れたのだろう。黙っていたことを話し始めた。

「図書館って聞いてふと思ったことがあったんだ」

「思ったこと？」

「桜《さくら》さんについて、ずっと疑問だったこと」

「桜さん？　ってあの司書だよね」

伊織は頷《うなず》く。

「僕は結花が入学する前から、桜さんにお世話になってたんだけど……」

「うん。それで？」

「桜さんって不思議なことを言う人だなって思ってたんだ」

「どういうこと？」

「僕が図書館の利用者登録したときの話なんだけど、僕は最初図書館で本を借りる予定がなかった」

「そうなの？　じゃあなんでお兄ちゃんは登録したの？」

「実はね、桜さんに『これからすぐに使うんだから』って言われたんだ」

お兄ちゃんはそのときを思い出しているのか、目を閉じて天を仰ぐ。

「そのときは授業で図書館を利用すると思っていたんだ。それが思い違いだった」

「思い違い？」

「確かに、何度も利用したんだ。でもそれは授業じゃなくて……ダンジョン攻略のために本を借りたんだ。別に授業は関係なかったんだよ」

彼女は黙って何かを考える。そして。

「桜さんは勤務年数が長いの？」

そう聞いてきた。伊織が結花をすごいと言っているのにも納得だ。彼女は思考能力が非常に高い。

「うん、そうだよ。なんでもルイージャ先生が学生時代にお世話になったって言ってたし」

もし『授業』で利用するのであれば、後を考えて登録しておけと桜が言うのは普通だろう。

しかし伊織は『授業』以外の理由で利用した。つまり『授業で図書館を必ずしも使うわけではないのに、お兄ちゃんへ図書館を利用すると言った』のがおかしい。

しっかり気が付いているのだ。

彼女はまた何かを考えながら「へぇー」と呟いた。

「結花？」

ぼうっと考えている結花に伊織は声をかける。

「つまり、お兄ちゃんが言いたい事は……桜さんは未来を予言していたって事？」

それを聞いて伊織は苦笑する。

「結花は少し話すと全部を理解するよね……？　僕はすごいと思うよ」

「はいはーい。ありがと。それで？」

「うん。リュディヴィーヌさんは登録を促されなかったらしいんだ。僕よりも利用しそうに見えるんだけどね。いや、僕以外は登録を促されてなかったんだ」

「なるほど、お兄ちゃんはそれで疑問をもったんだね、ふーん」

と結花は何かを考える。

「怪しいよね？　でもラジエルの書に関する文献を発見したダンジョンの一つは、桜さんの紹介でもある」

「まー何かあるかもしれないけれど大丈夫じゃない？」

「……どうしてそう思うの？」

「だって瀧音さんがなんかしてるもん」

　あっけらかんと言う彼女。

　確かにアイツには不思議な信頼感があるし、あり得ないことでも有言実行する力もある。

しかしそれとは別に言い表せない何らかの信頼を、結花は寄せていると思う。

伊織は苦笑して、確かにと呟《つぶや》いた。

しかし、アタシらはアネモーヌの話を聞いて、笑うことは出来なくなった。


　呼ばれた場所に行くと、なんだか重苦しい雰囲気だった。委員長とフラン副会長がそうで、アネモーヌだけは普通だったが。

「いままでの情報をまとめて、さらに要約するとこんなところだな」

　アネモーヌがそう言ってディスプレイ上に出したのは資料を翻訳、またいままでの資料を踏まえて要約した物だった。

・天使ラジエルはラジエルの書を利用して世界征服を狙う
・ラジエルを倒す事が難しく、封印された

・それは徐々に弱まりいずれ封印は解かれる
・資料に、その天使の姿が残っている

「調べたところラジエルは実在し、暴れた事があるのは確かなようだ。それがどこかは書いていなかった。しかしそれは解決するかもしれない」

「どういうことですか？」

伊織は尋ねる。

「天使の姿が残っていると書いてあっただろう？　それを見てくれれば分かる」

「伊織君。気をしっかり持って聞いてくださいね」

副会長がそう言うとアネモーヌに向かって頷く。すると絵が表示された。

「っ！」

「はぁ!?」

「嘘でしょう？」

それを見てアタシたち全員が狼狽《ろうばい》していた。特に伊織はまだ咀嚼《そしゃく》しきれないのか、咀嚼しても脳が拒否しているのか、誰よりもひどい顔をしている。それを見て体がガタガタと震えていた。そして彼は画面を見つめたまま数歩進む。

「うそ、だ」

　また一歩。

「うそだ、うそだ」

　また一歩。

「……なんでだよ……ねぇ、桜さんっ！」

　映っていたのは、司書桜瑠依《るえ》その人だった。

　オレンジも顔を青くしながら呆然《ぼうぜん》と見つめている。普段ならおちゃらける彼ではあるが、衝撃が大きすぎたのか何も言わない。ここで待機していたので知っていたのだろう委員長は目をそらした。

　すっと眼鏡を上げながら、フラン副会長が息をつく。

「情報を会長たちに共有します」

　そしてすぐにツクヨミトラベラーを取り出し、何かを打ち込んだ。

「意外ではあるな」

　そう口にしたのは、アネモーヌだった。

「なに、あまり関わり合いがあるわけではないが、そういう事をする人……失礼、今までの情報を精査すると彼女は天使だったな。ともかくそういう事とは無縁の人だと思っていたよ」

　それは皆同じ思いだろう。

「一応モニカ会長や三会メンバー、学園長には連絡を入れてます……会議室も押さえました」

「この後、皆に話したのち行動を起こす予定だ」

「僕は疑問があります」

　伊織の言う疑問にアタシも心当たりがあった。

「へえ、それはどんな疑問かな？」

　アネモーヌの問いに伊織は答える。

「その書を見つけた場所は……間接的にあの司書から紹介された場所なんです。完全には信じられません。桜さんに確認しに行きましょう」

　と駆け出しそうな伊織、そして追いかけようとしたオレンジをフラン副会長が止める。

　それを見ていたアネモーヌがため息をついた。

「まあまて、伊織君、オレンジ君。君らに必要なのは平常心、そうして平和な心だよ。今は大人が元気になる動画を見て落ち着くべきだ」

「俺を本名で呼んでくれる人がいないんだけど」

　ポツリとオレンジがそう漏らす。しかしそれを聞いたのか聞いてないのか分からないが、彼女は指をさす。

「別室に椅子とコーヒーとモニターを用意してある。安心しなさい。生まれたままの姿で私のお墨付きばかりだ、そこでゆっくりすると良《い》い」

そう言われ、二人と複雑そうな委員長が別室へ行く。

「動物の動画じゃねーか！」

オレンジの声が聞こえたのはそれからすぐだった。多分アイツのことだ。少し期待していたのだろう。

「それにしても天使、ね。私に依頼するタイミング、あの量。都合が良すぎるな。フラン、君は疑問に思わないか？」

「ええ、思っています。こんなピンポイントでだなんて……」

何の話をしているかは分からない。しかしリュディは内容を理解しているようだ。

「あの製作依頼していたアイテムのことですよね？」

神妙な顔で副会長は頷く。

「……幸助なら、よくある事ですよ」

するとアネモーヌは何かを考え込むように顎に手を当てる。

「……ほう。では彼が裏で手を引いている可能性は？」

「可能性は否定しません。ただ……」

「ただ？」

「もし幸助が本当に裏で手を引いているのだとしたら、私は幸助の側につきます」

そう、彼女はいつものトーンで淡々と話した。お風呂《ふろ》上がりに化粧水をつけるように、それはさも当然とばかりに。

リュディがそう言うとフラン副会長は口を半開きにし、アネモーヌは大爆笑した。アタシは納得した。

「まあ確かにアイツは悪いヤツじゃないわね。ムカつくヤツではあるけれど」

私が賛同すると、アネモーヌは心底楽しそうに頷《うなず》く。

「裏で手を引いているとしてもなお、幸助につくと。ふふ、はははは、場合によっては宣戦布告だというのに。なんだリュディヴィーヌ殿下もなかなか面白い回答をするじゃないか。しかしそれはなぜだ？」

「幸助が悪い方向へ導こうとしているなどとは、思ってもいないからです。ただ残念ですが、今までの経験上幸助が何かしらを画策しているのは間違いないでしょう」

「なるほど、ね。なるほどなるほど。君はどうかな？　同じ理由かな？」

「アタシの場合はそれもあるって感じ。……でも一番はアタシのカンが違うって言ってるの」

リュディなんかとは違って、不確定な理由だ。しかしここぞというときに何よりも信頼できる物。それは特にこういった場所で。理解されないことも多いし笑われることもあるけれど、大切なところで間違えたことは無い。

アネモーヌは笑う。

「カンか、私はそういう回答は嫌いではないよ。だけど百パーセントじゃない」

「はぁ、アネモーヌ大丞《たいじょう》。そろそろ……」

フラン副会長はそう言うと彼女は仕方がないなと首を振る。

「すまない。君たちが気を悪くしたなら申し訳なかった。彼が裏で手を引くなら、わざわざ作らせたりもしないだろうからね。だが、それもまた怪しい」

「ですから、大丞っ！」

「おうおう、恐い恐い。式部会に入って正解だったよ。紫苑《しおん》は口うるさくないからね。いや、単純にうるさくはあるかな。はははっ」

式部会の紫苑といえば服装と高飛車な口調ぐらいしか知らないが、確かに少しうるささそうだ。

「瀧音君が何らかの失敗をしてラジエルの封印を解いたから、贖罪《しょくざい》のつもりで動いた……というのも考えられましたが、古代語の内容から見るにあり得ないですね」

「じゃあ何をしているかという話だ。リュディヴィーヌ殿下は彼が何をしているか知りたいと思わないのかい？」

「思ってますよ。幸助が私を必要なら言うでしょうし、必要ないなら言わない。ただ、以前遠回しに力を借りると言われていたので……もしかしてコレのことかとも思っています」

「聞いてみるしかないね……瀧音幸助か」

彼の名前をかみしめるようにアネモーヌが言う。

「瀧音幸助という人物について、他者の評価しか知らない。彼自身に会ったのは数度だけだ」

そう言って紅茶を飲む。

「しかし何となく、彼について分かったよ。彼はソロでダンジョンを攻略したと言っていたから、よっぽど能力あるのかと思っていた。しかし彼の一番の力はそうではない、仲間なのだろうな」

そう言ってリュディや結花、アタシを見た。

彼はアタシたちがいなくとも駆け上がっていきますよだなんて、アタシが言おうとした時だった。オレンジの叫び声が聞こえたのは。

「おい伊織っ！　どこへ行くんだよっ！」

アタシたちの視線がその声のほうへ向いたのと、伊織が部屋を飛び出していったのは同時だった。

舌打ちしながらアタシは部屋を出る。伊織の姿は小さくなっていた。

「ほんっとアイツ、なに馬鹿なことしてんのよ！」

思わず口から漏れる。その時隣にいたはずのオレンジをぎろりと睨《にら》む。

「すまねぇ、猫見てたら止められなかった」

オレンジが悪いわけではないのは理解している。

「オレンジ君が悪いわけではないわ。ね。とりあえず、急ぎましょう」


アタシたちが到着したとき、伊織は桜に詰め寄っているところだった。

「ちゃんと答えてください！」

バン、と机を叩《たた》く。しかし桜はいつものように笑顔で座っていた。

「桜さんは、ラジエル。あなたが作りだした魔法書『ラジエルの書』を利用して世界征服を企《たくら》む天使。それは本当ですか？」

「ふふ、どう思う？」

おどけたように桜は呟《つぶや》く。そんな桜を一蹴《いっしゅう》し再度テーブルを叩く伊織。

「ふざけないでください。桜さん、僕は冗談を言いに来たんじゃないんです」

伊織がそう言うと、桜は笑顔のままゆっくりと立ち上がる。

「ねえ伊織君。人っていうのはね、この世界で一番わがままなの」

桜は静かに目を閉じると、ゆっくり彼女の髪の色が変わっていく。髪の色だけではない、彼女から伝わる圧力が、その存在が変わっていく。

「おいおい桜さん……」

その姿を見たオレンジは口元をヒクヒク痙攣《けいれん》させながら、そう呟いた。

「私利私欲で動き、自分たち以外に迷惑を掛け、便利になるためと世界を破壊して、あげく同族同士で戦争を始める」

彼女は歩き出す。そして返却された本を手に取った瞬間、彼女の姿が光の粒となり霧散した。

「最初は苛立《いらだ》つばかりだった。でもある時私に革命が起こったの。それを支配するのはどうかって」

突然アタシは真横から話しかけられ、すぐにダガーを抜きながら距離を取る。

いつの間に回り込まれた？　さっきまではあちらにいたはずだ。

「人々が私の手のひらの上で踊っている姿は滑稽《こっけい》でしょう？　でもこんな数は要らない。一つの町くらいで良い」

桜は意にも介さず手に持った本を本棚に差す。するとまた姿が消え、今度はリュディの近くで姿を現した。そしてまた本を差す。

「本当に……本当にそんなことを考えていらっしゃると？」

リュディが信じられないという様子で呟く。

「ええ、この百年はそんなことを考えていたわ」

桜は自分の持った本を全て差し終えると、また姿を消し、今度はアタシたちの前、図書館の奥に姿を現した。

「さく、ら……さん」

伊織は信じられないとばかりに首を横に振り呟く。しかしそれは彼女の言葉だけではないだろう。だってその見た目は。

「黒い……翼」

その色はよくおとぎ話で登場する純白の翼ではない。まるで悪魔のような翼だった。

「こんにちは皆さん。私が知の天使ラジエルです。それにしても、私が真の姿を見せているというのに、頭が高いですよ」

嘘だ……と伊織は呟く。

「嘘だ嘘だっ！　僕や委員長達が何かしようとすれば応援してくれたし、いつも快く勉強する場所を貸してくれたり、笑ってコーヒー入れてくれたじゃないか！」

桜は微動だにせずじっと伊織を見ていた。

「僕が困ったときに相談したら桜さんは――」

「うるさいわ」

「えっ……」

「貴方《あなた》は桜さん、桜さんと、うるさいの」

彼女は淡々と、突き放すようにそう言う。

現実を突きつけられ、伊織は何も言わず歯を食いしばる。どこか悲しそうな表情で。

「どうせ滅ぼされる人間と思い始めてからは、世界が滑稽に見えたわ。私に夢を語る少年なんかね。どうせそんな夢など叶《かな》える前に世界は終わるというのに」

彼女が手を掲げるといくつかの光の十字架のような物が彼女の周りに現れる。

「でも、私はあなたが嫌いではないわ。あなたの未来は見ている分には面白いもの。もしあなたが良ければ私の世界にあなたを誘うことも出来る。ほら、好きな女性を囲うことも出来る」

そんな世界伊織が欲しいと思わないだろう。もしそれを本気で欲しいというのならアタシたちは伊織と行動を共にしていない。

伊織は言葉を発しなかった。剣を構えることでそれに答えた。

「残念ね」

彼女は手を振るとその十字架のような物が伊織に向かって射出される。

伊織はそれを盾で防ごうとしたが、それはその前に消失した。

「危ない危ない……肝心なところで間に合ったようだな」

現れたのは息が切れたアネモーヌと、

「ストーンバレット！」

フラン副会長だった。フラン副会長は鋭く尖《とが》った岩をまるで銃弾のように勢いよく射出する。しかしその岩は彼女に当たる事はなかった。

「……不思議な現象ですね」

彼女の前に見えない壁でもあるのだろうか。その尖った岩はラジエルの前で停止している。軽く手を振るとその岩はボロボロと崩れ、床に落ちると煙のように消えていく。

異常な現象が起きているというのにアネモーヌはただ笑うだけだった。そして陽気な声で話しかける。

「久しぶりだねぇ、桜さん。以前は本を探してくれて助かったよ！　それで私は今も本を探しているんだが……」

しかしその陽気な雰囲気は言葉の途中までだった。

「ラジエルの書って本なんだけど、知らないかい？」

最後は怒気をはらんでいた。

「答える必要はないわね」

「ふむ、そちらはまだ封印されていると。それに桜さん自身もまだ本調子ではないようにも見える」

「……否定するつもりはないわ。でもあなたたちでは今の私でさえ止められない。もし私を止めたいのなら……ダンジョンの先へ来なさい。私はこの奥で待っているから」

彼女は手に光を浮かべるとそれを飛ばす。それは伊織の前まで飛ぶと光を失っていく。伊織がそこに手を入れ何かを摑《つか》む。それは鍵《かぎ》のように見える。

「もっとも、そこまでたどり着けないでしょうけど」

伊織が摑んだのを見て彼女は背を向けると、彼女の前にあった本棚がスライドする。そして床にあった魔法陣の上に立った。

「まちなさ……えっ、な、なによ⁉」

「地面が動いて、立ってられない」

先ほどの本棚だけではなく、図書館全体の本棚が動き出し、いくつもの魔法陣が出現した。そしてその魔法陣の後ろにある空間には悪魔のような石像がいくつも置かれている。

「もう、いいわよね瀧音君」

ぼそりと彼女が呟いたのを、アタシは聞き逃さなかった。

彼女は魔法陣の中へ入っていく。アタシはすぐに魔法陣のもとへ行こうとしたが、それどころじゃなくなった。

「な、なんだ!?」

ゴ、ゴゴゴ、ゴゴゴゴと音を立て、本棚が動く。その場所に現れたのは魔法陣。そしてその魔法陣の前には悪魔を模した石像が鎮座していた。

そして本棚が止まるとその魔法陣が光り輝き、その石像の目が光り出す。

「へぇ、ガーゴイルかな。しかもそれだけではなさそうだと私は見る」

アネモーヌがそう呟くと、それはゆっくりと動き出した。

「皆さん、来ますよ。ストーンバレット！」

各々は武器を手に取りそれらに相対する。

様々な場所で本棚が動き出し、そこからいくつもの本が飛び出してきた。

現れたのは天使の輪をつけた人形のようなモンスターだった。彼、彼女らは各々武器を装備しており、アタシたちに襲いかかってくる。

チッと舌打ちが漏れる。目の前の一体の攻撃を回避しつつ、その心臓をめがけダガーを突き立てる。

「一体何体いんのよ」

クリティカルな手応《てごた》えはあった。アタシはすぐに距離をとり構え直すと辺りを見回す。

強さは大したことはない。だけれど、その数が問題だった。

多すぎて嫌になってくる。タイマンだったら負ける気はしない。ただこの数になるとアタシも危ないし、それに集中して戦わないとヤバイであろうガーゴイルも敵の中に交じっている。

アタシはガーゴイルからの攻撃を避け、距離を取る。

そして強化魔法をかけなおしていると、アタシの横を通り過ぎる魔法があった。それは鋭く尖った石で、ガーゴイルに突き刺さる。ガーゴイルがその石を振り払っていると一人の剣を持った男性がアタシの横に来て声を掛けてきた。

「大丈夫かい？」

アタシの頭にあの時の映像がフラッシュバックする。

そいつには見覚えがあった。好きか嫌いかで言えば、大嫌いを通り越してクソ大嫌いだった。ほっぺにできてしまったそばかすぐらい嫌いだ。

だけどいつか必ず見返してやる、そう思っていたヤツだった。

「アタシは別に助けてなんて言ってないんだけど」

そう言うと彼は少し苦笑いしていた。

彼の妹は伊織達のフォローへ行ったようだ。『おーっほっほっほ』と元気な高笑いがここまで響いている。

妹から視線を外し兄である彼を見る。どうやら彼は少し困っているようだ。まあ今回ばかりは庇《かば》って貰《もら》ったことでもあるし。

「ま、だから一応礼は言っとくわ。ありがと」

「どういたしまして、マドモアゼル。大変申し訳ないのだけれど、僕もちょっと彼らに文句をつけたくてね。参戦の許可を頂けないかな？」

そう言ってウインクする。そのかっこつけがまた似合っているのだが、それが無性に腹が立つ。

「あんたはもう戦うつもりじゃない、好きにすれば？」

だって彼、式部卿《きょう》ベニート・エヴァンジェリスタは既にアタシを守るように前に立っていたから。もう何と言おうとアタシの前で戦うつもりだろう。

それが心強いと思ってしまったことで、アタシは自分自身にムカついた。

「君たちは図書館から出て暴れるつもりなのかな？」

彼は襲いかかるそのガーゴイルの攻撃を受け止める。それはいとも簡単そうに。アタシはこんな簡単にできないっていうのに。

「残念だが、これ以上は僕が進ませない」

そしてガーゴイルを体全体を使って押し出す。バランスを崩させるとすぐに剣を振った。

「学園生達は傷つけさせない」

ガーゴイルは魔素へ変わっていく。

四章　絶望の戦い

▶ » « CONFIG

Magical Explorer
Reincarnated as a Eroge Hero's Friend, I'll live freely with my Eroge knowledge.

―瀧音《たきおと》視点―

「遅くなってすいません」

俺が会議室に到着したときには見たことがないくらいの人数がそこにはいた。

生徒会、風紀会、式部会。三会のリーダーだけでなくメンバーも。さらには姉さんやルイージャ先生等、先生達の一部もいる。

「来たわね。では簡単に状況を説明するわ」

「今学園には危険が迫っています」

「原因はここの司書、桜《さくら》瑠《る》依《え》」

そう言って副会長が映写機みたいな物に触れると、桜さんのホログラムのような物が出てきた。

「桜瑠依は偽名であり、その正体は天使です。本名ラジエル。確認のしようが無いため自称ですが、知の天使と話しておりました」

何も知らなかった一部の三会メンバーが小声で何かを話しているのがうかがえる。

「天使ラジエルは人間達を支配するために、いくつかのダンジョンで研究を行いながら、力を蓄えたそうです」

「………それは本当にあの天使ラジエルなのでしょうか」

俺が調べたところによると、この世界ではラジエルという存在は地球で言う神話や絵本にあるような、真偽不明の伝説として伝わっている。それも天使ラジエルなんてただの作り話ではないのか？　そういった論調の方が強い。

「現在図書館ではモンスターが出現しています」

「図書館からモンスター!?」

「ルイージャ先生とアネモーヌ大丞《たいじょう》によると原因は不明ですがダンジョンからあふれ出るスタンピードに近い物が起きているとのこと」

ゲームの時と同じだな。

「何で先に話をせず、わざわざ君を待っていたんだと思う？」

そうモニカ会長が俺に問う。

「まあ分かりますよ」

「君は元々知っていたんだろう？」

「ええ、知っていました。彼女が天使であることも、天使自体についてもかなり詳しいと思います。まあそもそもですがここにいるななみが天使ですからね。天使については彼女に聞いた方が早いでしょうけど」

「な、ななみさんが天使⁉」

「美少女メイド及びプリティエンジェルななみです。よろしくお願いします」

　幾人かがまじまじと彼女を見る。うん、天使っぽい発言ではないよなぁ。

「それは毬乃《まりの》さんに確認するといい。ななみは間違いなく天使で、俺と契約しているからな」

「そうだったの……」

「身も心も体もすべてご主人様の物です。幸せです」

「ななみ？　混乱させる発言はやめようか」

「失礼しました。ただ私《わたくし》から言えることは、桜瑠依はラジエルかどうかは分かりません。しかし間違いなく天使であり、それも上級です」

「上級ってどういうことよ？」

「天使にもクラスがございまして大まかに下級、中級、上級があります。ただ細かく言えば更に上があるのですが、人間の概念に当てはめることは難しいため、上級よりも上があると思っていてください」

「その中の上級ということだな？」

「はい。かなりの力を持っているでしょう。ただ彼女は知の天使ということですので、完全なる戦闘系天使よりは力が無いかもしれません。しかし力に長《た》けた脳筋よりも狡猾《こうかつ》な方が厄介であると私《わたくし》は申し上げます」

「確かにそれは一理あるわね」

幾人かが視線を移す。視線を向けられた一人は狡猾代表のアネモーヌ。また筋肉代表として男性に視線を向ける人もいた。風紀会の筋肉ことホルガーさん、そしてオレンジ。

「いかんせん信じられない。本当に彼女は世界を征服しようと企《たくら》んでいるのでしょうか？」

風紀会の一人が質問する。桜さんを知っているからこそ、彼女が本当にそのつもりだとは思えないのだろう。しかし。

「僕達もそう思ってました」

「だが伊織《いおり》君と私達で彼女の言葉をしっかり聞いたよ」

そうアネモーヌが補足する。

「そもそもこちらに攻撃をしかけている以上、そう受けとめるしかないでしょう」

そう言うとモニカ会長が大きく息をつく。

「……図書館から現れるモンスターね」

「そこで計画を立てます。いくつかのグループに分かれ、三会が中心となりダンジョンの攻略を行います」

「三会が中心？　教師達が中心となるべきでは？」

エスメラルダがそう尋ねる。

「その質問はごもっともですが、桜瑠依はその対策を行っていたようなのです」

フラン副会長がそう答えるとモニカ会長が頷《うなず》く。

「入れないのよ。ダンジョンに制約が掛かっているようで……教師達が図書館に入れないの。全員を試したわけではないけれど、同じことでしょう」

ゲームの設定と同じなら、桜瑠依は教師がダンジョンの攻略を出来ないように図書館へ結界を張ったはずだ。副会長は姉さんを見ながら話し出す。

「先生方と話し合った結果、いくつかのグループに分かれて行動をする事になりました」

「守るグループと攻めるグループね」

「彼女が持つラジエルの書はまだ封印されているようです。解くのを阻止するためにも急ぎ攻略をする必要があります」

「誰が、どう動くかですね？」

そう話した瞬間、一人の声が部屋に響く。

「僕が行きます」

それは伊織だった。

「伊織君……」

「僕が行きます。仮に誰に止められようと、僕は行きます。僕はここまで知って、残るだなんてしたくない」

いつ言い出すかと思っていた。むしろ何も言わず駆け出すかも、だなんて思っていた。それぐらい彼の眼は鋭かった。

ふぅ、と誰かが息をつく。それはベニート卿だった。彼は前に出ると落ち着こうかと手をひらひらさせる。

「ねえ聖《ひじり》伊織君。今回の敵は桜瑠依……君がよく知る人物だ」

伊織は何も言わずベニート卿を見ている。彼は歩き続け伊織の前に立つ。

「そこら辺にいるモンスターじゃないんだ。それは桜瑠依なんだよ？」

眼を鋭くさせ、まるで肉食獣が威嚇するかのような顔で伊織に近づく。そして顔を近づけ、

「君は覚悟が出来ているんだよね？」

と普段は出さない声を出した。続いて伊織に近づけていた顔を上げ、全員を一瞥《いちべつ》した。

仲が良い桜さんに手を下す事が出来るのかを彼は聞いているが、その言葉の対象はなにも伊織だけではないのだ。俺たちにも言っていた。

「もちろんです」

伊織はハッキリそう答えた。迷うこともなく表情一つ変えず、瞬《まばた》きさえしなかった。

「仮に……桜瑠依に剣を振るとして、君は一瞬躊躇《ためら》い反撃を受けたとしよう。それによって全員の陣形が崩れ、取り返しのつかない事になるかもしれない。それを理解しているのかい？」

もちろんこれも全員に言っている。迷いなどなく覚悟があるやつだけが行けと、彼は言っているのだ。

伊織はずっとベニート卿《きょう》をまっすぐ見据えたままだった。眉《まゆ》一つ動かさず真剣な表情でベニート卿が視線を戻すのを待っていた。全員を見回したベニート卿と視線が合うと彼はしっかり頷いた。

「そうか」

真剣な表情で伊織を見るベニート卿だが、やがてふっと力を抜き、いつもの笑みを浮かべた。

「行く事を僕は止めない。だけど覚えておいて欲しい」

ベニート卿はポンと伊織の肩をたたく。

「なんですか？」

「君は気負いすぎだ。ここにいるのは君だけじゃない。僕たちもいるんだ」

「……はい」

「君がもし何か失敗をしようと、僕がいる。それにモニカ達がいる。安心して行くといい」

それから彼は全員によく考えてから行く事を決定するようにと言って、時間を与えた。

そして会長達と話していたが、少しして俺を呼ぶ。

「瀧音君」

「何ですか？」

返事をして彼の下へ行く。そこでは三会リーダー達が俺を見ていた。

「知ってること、全部話してね」

「まあ、知ってることと話せる範囲でなら」

と、言ったがもちろん全部話すわけではなく、簡単に必要なことだけを話す。そしてその話を終えるとベニート卿は大きなため息をついた。

「君も、行くつもりだよね？」

聞くまでもない質問だ。

「当然ですよ」

「そうか……やっぱり僕がここに残ることにしようかな」

今回のモンスター氾濫《はんらん》の元凶は桜さんである。桜さんを止めなければ、モンスターは出現し続ける。

ただし、ダンジョンからモンスターがあふれている以上、学園側にも幾人か残らなければならない。それもゲームではそれなりの強さのモンスターが出現していた。

だから残る人材も重要ではある。三会リーダーの一人が残るのは賛成だ。

「モニカ会長とステフ聖女様は……？」

「あら、聞くまでもないでしょう？」

とモニカ会長。彼女は行く気満々だ。

「相手が天使なら、私も行かざるを得ないの」

あんまり乗り気ではなさそうなところは聖女らしい。そして少し安心してしまった。

今回のこのイベントで一番懸念していたことは、キャラクターの配置である。

ゲームでは誰をどこへ配置するかを決めることが出来たが、今回はそうではない。行きたくない人を無理矢理《むりやり》出撃させたりなどできはしないし、そもそもリーダーはモニカ会長になるだろう。

今回モニカ会長は必須《ひっす》として、聖女もしくはベニート卿がダンジョン攻略に参加してくれると攻略が楽になると思っていた。だから今回のケースはかなりラッキーだったかもしれない。

「ねえモニカ、僕の言いたいことは分かるよね」

そう言うのはベニート卿だ。

「ええ、あなたの気持ちはよく分かっているつもり。あなたがどれだけ行きたいのかって事は。よく我慢したわね。私は行っちゃうわ」

「まあ学園生がいるしね。ということで今回は皆に任せるよ。瀧音君もいることだし大丈夫だろう。ああ何かあったら僕が行くから、無理はしないでね」

そう言って俺の肩をポンと叩《たた》くベニート卿。はぁと思わず息をつく。

「どうしたの。感心したような顔をして？」

モニカ会長はその様子を見ていたらしい。

「良《い》い上司がいるなぁって」

だから俺は思ったことを率直に答えた。普通、こういう重要な場面を新人に任せるかといえば、そうしたくない人も多いだろう。

社会を経験して分かったことは、任せてくれる上司がいることは素晴らしいという事である。それも尻拭《しりぬぐ》いをしてくれるとまで来た。こんな恵まれた環境が他にあるだろうか？

「ふふっ。僕を褒めたって、なにもでないのにね」

「ふうん？　それを言ったら生徒会に来れば私が上につくことになったのよ？」

確かにカリスマ性は間違いなくモニカ会長が上だろう。しかし。

「モニカ会長の魅力と、ベニート卿の魅力は一概に同じとは言えないじゃないですか。どちらも甲乙つけがたいと思っています。それにステフ聖女様だって同じくらい魅力的です。

ステフ聖女様にはステフ聖女様の魅力がありますし」

「あら、私はあなたなんてごめんだわ」

　思わずはははと乾いた笑いが漏れる。

「大丈夫だよ瀧音君。ステファーニア様は口ではそう言っているけれど、本当はそう思っていないから。以前瀧音君の事を……」

「ベニート、やめなさい」

　はいはい、とベニート卿は笑う。

「さて、モニカ？」

　そう言ってベニート卿はモニカ会長を見つめる。

　学園生からはベニート卿とモニカ会長は、式部会と生徒会という組織もあって対立していると思われていた。

　しかし実際のところ二人は互いにその強さを認め合っていたし、信頼もしていた。多数の命がかかわる大切な場面である今でも信頼が揺るがないほどに。

　だから二人はそれ以上言葉を交わす必要が無かったのだろう。

　彼らはどちらからともなく腕を上げる。ベニート卿は普段の笑顔で、モニカ会長は不敵な笑みで拳を合わせた。

DUNGEON ATTACK PARTY LIST

PARTY LIST 瀧音組

WARRIOR	ARCHER/THIEF	MAGE	HEALER/WARRIOR	ALL ROUNDER
瀧音	ななみ	リュディ	結花	雪音
近接戦士	弓使い／盗賊	魔法使い	ヒーラー／近接戦士	オールラウンダー

PARTY LIST 聖女組

HEALER	ALL ROUNDER	MAGE	WARRIOR	THIEF
聖女	伊織	フラン	オレンジ	カトリナ
ヒーラー	オールラウンダー	魔法使い	近接戦士	盗賊

PARTY LIST モニカ組

ALL ROUNDER	ITEM/MAGE	MAGE	NINJA	HEALER/MAGE
モニカ	アネモーヌ	紫苑	ハンゾウ	ギャビー
オールラウンダー	アイテム使い／魔法使い	魔法使い	忍者	ヒーラー／魔法使い

PARTY LIST 居残り組 （ダンジョン入り口の魔法陣から出現するモンスター討伐組）

VARIOUS JOB
ベニート率いる三会メンバー
――

図書館ダンジョンはその名の通り、図書館を模して作られたのだろう。壁は一面本棚で、アンティーク調のライトが床を照らしている。

また辺りには古びたインクの匂いが充満しており、陰気くさい雰囲気ねと聖女がぼやいていた。

本の虫からしたら天国のような場所であろうが、人によっては嫌われるのも分かる。まあ下水道ダンジョンとかに比べたら天国だ。ただあの下水道ダンジョン、音楽がなぜかロック調でしかもめちゃくちゃかっこいいんだよね。

「ご主人様、来ます」

ななみの声で武器を構える。

するとどうだろう。左右の本棚からひとりでに本が飛び出し、それが勝手に開かれる。そして開いたページに描かれていた魔法陣が光り輝くと、本の前に白い狼が出現した。続けて少し先の本棚からもいくつかの本が飛び出し、同じように白い狼を召喚する。

「行くぞ」

前に飛び出る俺と結花《ゆいか》。目の前の白い狼はホーリーウルフと呼ばれている。ＲＰＧなどをたしなむ者なら、その名からモンスターの属性を察することができるだろう。

「ちょっと面倒なのが来ましたねぇ」

そう呟《つぶや》くのは結花だ。

俺は飛び掛かってくるホーリーウルフの攻撃を第三の手で防ぎ、第四の手で結花の前に殴り飛ばした。

「属性かぶりか？」

マジエクにおいて相手が得意な属性と耐性は大抵リンクしている。今回の敵は光属性を持つ敵であるため、光属性の魔法に対する耐性を持っている。炎を操るモンスターに多少の火を浴びせたところで、無意味なようなものなのだろう。

「それもありますけど、すばしっこいとめんどくさいじゃないですか」

そう言って俺が飛ばしたホーリーウルフへ一回転しながら回し蹴《げ》りを行う。

「余裕そうだけどな」

逆に言えば光属性に大きな耐性をもち、ヒーラーとして活動可能な結花やステフ聖女のようなキャラは、光属性が得意なモンスターが多いこのダンジョンにおいて相性が良い。と俺たちが一匹始末している間に、俺の前には先輩が立っていて、新たに現れたホーリーウルフを屠《ほふ》っていた。

ダンジョンを進んだ先に現れたのは、広間と三体の石像だった。

女性天使をかたどったそれらは手に本を持っていて、それぞれが背を向けるような形で三角形を作るように立っていた。

そしてその三角形の中心にも一冊の本が置いてある。

「皆様、アレはただの石像のようです、動くことはないでしょう」

ななみがそう言うと、俺たちは武器を下ろす。

「罠《わな》もないわね」

石像を調べていたカトリナがそう言うと、生徒会三年の盗賊系の職であるハンゾウは頷《うなず》く。同意見のようだ。

それを聞いた結花は三角形の中心に置いてあった本を拾う。

「なんなんですかね、この本」

革製のハードカバーで作りは良い。

「古代語、ね」

カトリナはその文字を見て呟《つぶや》いた。

「こちらも古代語のようじゃの。しかし開かぬ……アネモーヌ殿」

紫苑《しおん》さんとモニカ会長らは天使が手に持っていた本を確認していた。呼ばれたエッロサイエンティストが本を受け取り魔法陣を起動し鑑定魔法をかける。

「結花、その本を貸してくれ」

結花の持っていた本を預かるとそれをななみに。

「なるほど……過去の本と」

本を受け取ったななみはパラパラとめくり、一分ほどで本を置く。

「ななみは速読も出来るのか？」

先輩の問いにななみは頷く。

「こうすることで出来るメイドとして評価されるかなと」

「あほなこと言ってないで早く教えてくれ、出来ることは知ってるよ」

「さすがご主人様、さすごしゅです。しっかり読み終えました」

ななみがそう言うとモニカ会長は感心した様子で頷いた。

「……速いわね」

「私が出来るのは解読、彼女が出来るのは翻訳、いや朗読のようなものか。まるでその時代に生きていたのではないかと思えるぐらいにネイティブだ」

鑑定をしながらそう話すエッロサイエンティストだって、ゲームではサラサラ読んでいるように見えたけれど、実際はそこまで速いわけではないのか。

「美少女メイドですから当然のことですね」

「天使であることを強調するべきところではないんですかね？　まあいいや……それで、何が書いてあったんだ？」

「私《わたくし》の持つ本のタイトルは『過去の本』のようですね」

ななみがそう言ってペラペラめくってくれる。しかしめくれどもめくれどもよく分からない文字の文章だらけだった。しかし途中から見覚えのあるモンスターも描かれており、それを見た伊織があっと声を上げる。

「ななみ、内容だよ、内容」

「私《わたくし》に言わせれば……そうですね。日記、いえ……妄想小説でしょうか」

「妄想小説？」

「例えば……ご主人様は自分の考えた最強の設定で、誰にも負けない強さを持っております」

　何だそのたとえは。

「それで最強のご主人様は盗賊に追われた馬車を救うと、中から姫様が出てきて惚《ほ》れられて最終的にハーレムを作り、野良の美少女メイドとイチャイチャします。そんな妄想をされたことがありますね？」

　なろう小説かな？　突如登場する野良の美少女メイドってなんだよ。

「たとえが悪い。簡潔でもっとあり得そうな設定にしてくれ」

「では自分が考えた最強設定で無双する妄想をしたことがございますね」

「さっきも思ってたけど何で確信持って言うの？　まあ……したかしてないかでいえばしたな」

　黒歴史で公開処刑かな？　中学二年生の時が皆の全盛期だぞ。おいアネモーヌ、意味深な笑いをするな。あとフラン副会長、目をキラキラさせるな。

「それと似たようなモノで、俺が考えた最高のダンジョンの設定みたいなモノが書かれています。こんな風なダンジョンなら面白い、格好《かっこ》いいなどのように」

　ペラリと本をめくる。

「ここに描かれているのはさっき倒していた、ホーリーウルフだよね？」

開いたページに描かれていたのは先ほど現れたホーリーウルフだった。

「図書館に出現したガーゴイルも載ってる。これって……」

「このダンジョンに出てくるモンスターの情報がここに書かれているって事は、もしかしたら、この先のモンスターも……？」

「この本にはその可能性はなさそうですね」

ななみは否定し本を見せる。なるほど、もう最後のページなのか。

「真偽は不明ですが、この場所から進む方法は書かれております」

「えぇー、それって罠じゃないんですか？　怪しすぎますよ？」

「まあとりあえず、どうすれば先に進めるんだ？」

「石像の持つ本を決まった場所に差し込むことによって魔法陣が起動すると……」

俺たちの視線は三体の天使像、そしてそこから回収した本へ。

「チッ、わっかんねーわ。なんかあるのはわかんだけど」

その一冊はカトリナが鑑定をしていた。しかし彼女のスキルはまだ低いのか、鑑定しきれなかったらしい。だがここにはアネモーヌとハンゾウがいる。

「ふむ、特定の魔力を流し込むことで起動するみたいだな」

「トラップ、でも、ない」

久々にハンゾウさんの声を聞いたが、こんな感じだったな。不要なことはあまりしゃべらず独特の区切りのコンボだ。だけど自分の趣味になると非常に饒舌《じょうぜつ》になるんだよなぁ。

「私も同意見だ。どれ起動してみよう」

そう言ってアネモーヌが魔法陣を起動する。

そしてホログラムが浮かび上がるとカトリナが少し悔しそうにしていたのが見えた。

「盗賊スキル磨くのにいいダンジョン、紹介するぜ。陣刻《じんこく》魔石《ませき》一個な」

ぼそっとそう呟くとカトリナは「あ？」と言って俺の足を踏む。

「自分の知識を安売りしてんじゃねーよ」

そっちで怒ってたのかと感心しているとななみが反対側の足を踏む。

「嬉《うれ》しそうでしたので……つい」

「はぁ、アホなことしてないで、さっさと見るわよ」

とやり取りしているうちに、アネモーヌの前では本が開いて空中に浮いていた。またその上に魔法陣と一匹のモンスターらしきものが浮かび上がっている。

「これは……獣？」

そこには四本の足を地につけた獅子《しし》のような獣が映し出されている。そして映し出されているのはそれだけで、ほかには何もない。

「ほかの本はどうなのじゃ？」

と紫苑さんが言うと、ハンゾウがそれを起動する。ななみはカトリナから本を借り、同じように起動した。

ハンゾウが起動した本から映し出されたのは、大きな石を集めて作ったゴーレムのような物だった。

またななみが起動した本からは天使のようなものが数体映し出されている。

「これは何を意味してるのでしょう？」

「これから先に現れる魔物なんじゃないか？」

なるほど、とななみが呟いた。

「確かに可能性は高いでしょう。そういったダンジョンを私《わたくし》はいくつか知っておりますし、この妄想小説を書くなら、こういったギミックを用意したって不思議ではないかと」

「たとえその通りだとしても、どこに差し込むのかしら」

そうリュディが言う。答えたのはフラン副会長だった。

「周りを良く見てください。この場所なら、いくらでもありそうですよ」

俺たちは周りを見つめる。

「っはぁーっ、まさかとは思ってましたけど、まさかなんですかね」

「まさかよ、こんな広いところを手当たり次第にだなんて、そんな馬鹿な話あり得ないでしょ？」

皆の視線はバラバラだ、でも見ているものは同じである。

このダンジョンは図書館をモチーフに作られている。そのため、壁は全て本棚だった。

「手分けしてするにしても、骨の折れる作業じゃのう」

しかしそれを一つ一つしなければならないだろうか。

いや、違う。実は石像がその場所を指し示している。またゲームでは簡単に分かるように、「！」（びっくりマーク）すら表示されていた。

もちろんそこへ本を差し込むことで先へ進めるのだが。多分この配置はゲームと一緒のようだから……。

「この石像はなぜ三方向を向いているんだ？」

俺が言うと結花が反応する。

「向き合っていても良《い》いと思うんですけどね」

「動かせるとかは無いよな、視線が関係あるとか？」

と石像に触れてみる。ここは寒い部屋ではないが、その石像は冷蔵庫で冷やしたかのように冷たい。

「確かに視線の先に何かあってもおかしくはないですね。ちょっと見てみますか」

と、結花が一体の視線の先にある本棚へ駆けていった。

「ありました、ありましたよー？　一冊本が差し込めそうな隙間がありました！」

と嬉しそうに報告する結花。すぐに皆が集まってその場所を確認する。

「……天使の向き、持っていた本から考えると、この獣の本でしょうか」

とフラン副会長が言うとハンゾウは付近を調べる。とりあえず罠はなさそうだったので彼女はゆっくり本を差した。

「入りました」

するとどうだろうか。真ん中にあった三体の石像に魔法陣が浮かんでいる。

「転移魔法陣のようだ」

アネモーヌはその魔法陣をじっくり見ると小さく首を横に振る。

「残念ながら一パーティの制約がかかっているみたいだ」

じゃあほかの本を差してみたらどうなるだろう、そう皆が思い俺たちは実行する。

今度はゴーレムが映し出された本を、持っていた天使像の視線の先へ。さらに天使たちが映し出された本を、持っていた天使像の視線の先へ。

結果わかったことは。

「本棚に一冊差すと転移魔法陣が起動する。複数差すと後に差した本の転移魔法陣が起動する。どれも一パーティでしか進むことができない。だな」

まあゲームと一緒だ。

「選択肢をあえて挙げるとすれば、ここにいる三パーティが別々の道を進むか、一パーティが進み戻るのを待つか、一旦帰るかね」

モニカ会長が言う。彼女があえてとつけるぐらいだし、どうするかは彼女の中でもう決まっているのだろう。

「もちろんみんな進むわよね」

全員が頷《うなず》く。図書館にはモンスターが出現している、ラジエルの復活が近いという先を急ぐ理由がある。待機するという選択肢はない。

「問題は……誰がどこへ行くか、ね。行きたいところはある？」

「意見を言ってもいいですか」

俺は手を挙げてそう言った。

「瀧音君。どうぞ」

「前提として会長たちは今回のチームの中で一番実力があると思っています」

「まあ、私がいるからね」

さも自信ありげにそう言う。それは誇張じゃないんだよなぁ。

「ということで会長たちはあまりものを攻略するのがいいかなって。それで俺たちのパーティは防御と速度に自信がある。だから獣と相性が良いんじゃないかと思うんですよ」

俺は守りが得意だし、先輩や結花、そしてななみもかなり速く行動できる。リュディはスキルを得ているので魔法を撃つのが速い。

「聖女様達はゴーレムが良いんじゃないかなって」

「あら、それは何でかしら」

聖女はそう言う。

「仮にパワータイプのゴーレムだとして、攻撃を受けることができるオレンジやカトリナがいる。何より回復力が強いから複数モンスターよりかは相性が良いかなと」

「確かにそうかもしれない」

そう言うのは伊織だ。

「まあ間違ってはいないわね。ではそうしましょう」

と聖女も同意する。ならばと彼らはそう言って魔法陣の中へ消えていった。

それを見て俺は良かったとため息をつく。まあ本当のことを言えば、聖女たちが別にどのフロアへ行こうが関係ないのだが。大事なのは伊織を先に行かせることだから。

さあ、ここからだ。

モニカ会長たちは聖女たちが出発し今度は私たち、と進むために本を差し込もうとしていた。しかし俺はそんな会長たちの前に立ちはだかる。

「……瀧音幸助《こうすけ》、どういうつもり？」

射るような目でモニカ会長はこちらを見ている。その覇王のような眼光に思わず腰が引けそうになるものの、そんなことをしてはいけない。

「ステファーニア達が行った後にすぐ、か。なかなかいいタイミングだね」

そう言うのはアネモーヌだ。その言葉と同時にハンゾウが武器を構える。

多分彼らは俺の行動を怪しんでいるのだろう。確かに怪しく見えるかもしれない。しかし俺は別に聖女たちを嵌《は》めるためにやっていたわけではない。

トゥルーエンドのためにしているのだ。

「お話があります」

―聖女組　カトリナ視点―

本から召喚されるモンスターどもを倒し、アタシたちが進んだ先にいたのは予想通りと言っていいゴーレムだった。

それを難なく倒せたのは伊織の活躍が大きい。

伊織が剣をおろすと、ゴーレムは自分の重さを支えきれず、その場に崩れていく。肩で息をする伊織はじっとゴーレムが崩れていく様を見ていた。

「強く、なりましたね」

フラン副会長が呟《つぶや》く。モニカ会長とフラン副会長、そしてアタシやオレンジは伊織のそばにいたから、彼の力が初期からどのように変化していったかを知っている。

伊織は爆発的に強くなっていた。成長度合はマジでヤバくて、アタシはそれに食らいついていくのが精いっぱいだった。

そしてもう一つ、ここぞというときに自分が持つ力の限界を超える不思議な力があるような気がする。それは不完全で、必ず出るわけではないのだが。

ゴーレムが完全に魔素へ変わると、想定外のことが起きた。

「扉？」

伊織が呟くようにそれは扉だった。

ボスを倒したことで、先へ進むためであろう奥の転移魔法陣が起動するのはわかる。現に起動している。しかしボスが魔素になるのと同時に、その扉は出てきたのだ。

また扉の後ろには何もなく、単純に扉だけがぽつんとある。

「扉、ね」

ちらりと聖女がこちらを見る。アタシはそれを調べたのだが。

「扉自体に何らかの魔法がかかってる……ます」

扉自体は普通の物である。どっかの富豪が作りそうな、高級そうな扉。しかしそれにかけられている魔法は今まで見たことがないものだった。

また扉には鍵《かぎ》、それも魔法的ではなく物理的な鍵穴があった。それが機能しているようで、扉は開かなかった。

それにこんな不思議な感覚は初めてで、多分だが生徒会のハンゾウでもわからないと思う。もしかしたらななみやアネモーヌなら調べられるかもしれない。

ただ『物理的な鍵』というのに引っかかりを覚える。

「そ」

まるでもとから期待を持っていなかったかのように、聖女はそっけなく答える。悔しかった。まるで自分がつかえない者のようだと感じていた。

「ありがとうございます、カトリナさん」

もっと力をつけなければならない。アイツに頼るのは癪《しゃく》だが、どうしていいかも自分ではわからない。

そんなアタシの顔を見て聖女は小さく息をついた。

「あなたはトラップを道中で見つけて警告してくれた。宝箱も開けてくれた……無理に敬語を使わなくていいわ」

聖女はそれだけを言ってアタシに背を向け、そして扉を調べ始めた。

その言葉には一体何の意味があるのだろう。もしかして？

と考えていると肩を叩《たた》かれる。フラン副会長が笑顔でアタシを見ていた。

「二年生トップクラスぐらいの力はありますから、気を落とさないで。それにしても」

そう、彼女は言った。そして扉の鍵穴に視線を移す。

「鍵……ですね」

多分アタシと同じことを考えていたのだろう。それは伊織もオレンジもそうであろう。

伊織は桜から渡された鍵を取り出した。

「それ、あの司書から貰《もら》ったってやつね」

聖女は鍵を受け取る。そしてじっくりと見ていた。

多分だが穴に挿さるだろう。そしてアタシの勘は扉は開くと言っていた。しかし開けたときにどうなるかはわからない。

「聖女様。この扉はこの鍵で開きます。僕は開けたいです」

そう言うのは伊織だった。伊織はこの扉が開くことを確信しているらしい。

「本当に開くのかしら？」

「僕はこの鍵が桜さんのメッセージだと思ってます」

「へぇ……それは罠《わな》かもしれないわよ？」

「それも覚悟のうえで開けたいです」

「まあ。皆が反対じゃなければ、いいんじゃない？　開けましょう」

「ま、だいじょうぶっしょ」

アタシは頷く。副会長も頷いて伊織を見た。

伊織は鍵を返してもらうとそれを鍵穴に差し込み、ゆっくり回す。カチリ、と音が聞こえその鍵が開く音がした。

すると伊織の持っていた鍵は光り輝くと、役目を終えたとばかりに砂になって地面に落ちていく。

伊織は空になった手を握り深呼吸したのち、扉のノブに手をかける。そして扉を開いた。

扉が開くと同時にその光はあふれだした。そしてすぐにアタシの体が一瞬浮かぶような錯覚を覚えた。

しかしそれは錯覚ではなかった。まるで巨大な掃除機に吸い込まれるかのように、アタシたちの体は浮かび上がったのだ。

「伊織ぃ！」

アタシは叫ぶ。最初に吸われたのは伊織だった。いや、伊織は自らそこに飛び込んでいったようにも見える。次に扉に吸い込まれたのは聖女だった。彼女はにらみつけるような目でその光の先を見ていたが、抵抗することなく中に入る。そして副会長は眼鏡を飛ばされてしまったのか、ちょっと焦った様子だった。

「おっぶぇっ」

オレンジは扉の縁に背中をぶつけたらしい。汚い声を上げながら扉に吸い込まれていく。

アタシはとっさに手を伸ばすことで扉の縁を掴《つか》むことができた。しかし吸い込まれているせいか手がちぎれそうなほど痛い。アタシは視線を扉の中へ向けると、そこには落ちていく聖女達がいた。

吸い込まれていく彼らが光の粒になっていくことから考えるに、これは転移魔法が発動しているのだろう。アタシは一度扉を見て、そして伊織たちが完全に消えてしまった光を見る。

「チッ」

舌打ちをしながら彼らを追うために手を離す。そしてアタシたちが入った扉が閉まるのを光の粒子に包まれながら見た。

それからすぐに浮遊感がアタシを襲う。落ちる、と思ってからすぐに衝撃はきた。それも尻《しり》に。

「いったぁ……っ」

「痛いのは僕だよ……」

尻のほうから声が聞こえ、アタシは下を見る。伊織がうつぶせに倒れており、どうやら彼の背中に尻から落ちたみたいだ。

「お二方とも無事そうですね」

「物理的に尻に敷かれる人を見るのは初めてだわ」

アタシはフラン副会長の手を借り立ち上がると伊織はオレンジの手を借り立ち上がった。すぐに聖女は回復魔法でアタシたちを回復してくれる。

すっと眼鏡を直す姿を見るに、どうやら回収できたらしい。

それからすぐにあたりを確認して小さくため息をつく。

「ずいぶん雰囲気が変わったんじゃねーの」

あれだけあった本はきれいさっぱりなくなっており、まるでどこかの立派な城の通路みたいなところにアタシ達はいた。その通路には絵画やら壺《つぼ》やらが。また近くにある白い布をまとった天使像は非常に精細なつくりをしていて今にも動き出しそうだ。

アタシはすぐに辺りを調べるも、トラップなどはなさそうだった。

「どちらかに進むしかないわね」

聖女は通路の先にある二つの扉を見てそう言った。

「普通の扉と……とても大きな扉」

一つはとても大きな扉で、もう一つは小部屋につながりそうな小さな扉。

「大きい扉は何かありそうだな」

「うん。まるでダンジョンのボス部屋みたいな雰囲気があるよね」

オレンジと伊織は大きな扉を見てそう呟く。

「どちらがいいと思う？」

盗賊職であるからだろうか、ステフ聖女はアタシに聞いてきた。

「小さい扉を調べんのが……いいんじゃない？」

何か敬語を意識してしまって変になってしまった。しかし聖女は気にした様子はなかった。

「理由は？」

「大きい扉に何かあるのは同感。多分ラジエルか、ボスがいる。だけど小さい扉からモンスターが出現して後ろから襲われんのもいやだし、先にそっちを調べて大きいほうに集中したい、それに……」

「それに、ですか？」

「それにこれから先ラジエルと戦うことになるのなら、意識を切り替えたいっつか気合い入れたい。なら小さいほう調べながら覚悟を決めさせてほしいっつのが本音」

それを聞いた聖女は頷《うなず》く。

「ではそうしましょう。他の者もいいわね」

伊織たちが頷く。そしてアタシたちは小さい扉のほうに行くも、扉に魔法でロックがかかっており、アタシたちのスキルでは開けることはできなかった。

「そうなると、あっちね」

アタシたちは巨大な扉を見つめる。

扉をどうやって開けるのか。そんなことを一瞬考えたがそれは不要だった。アタシたちが近づくだけで、その扉は開いた。

人感センサーみたいなのでもついてるのだろうか。ゴ、ゴゴゴと音を立てその扉が開くとアタシたちはそこに足を踏み入れる。

扉の先は教会のような場所だった。

巨大なステンドグラスから美しい光が差し込み、天使を模したような白い像が至るところに設置されている。装飾はシンプルながらも品があり高級感が感じられる。

まるで教皇や聖女が多数の信者を連れ祈りを捧《ささ》げていそうだ。

漂う空気が寒いわけではないけれど、どこか重たくて呼吸しにくく感じた。それは単純にここの酸素濃度が薄いからだろうか。

いや、そういうわけじゃないだろう。彼女だ。彼女のせいだ。

「桜さん……」

伊織が呟《つぶや》く。アタシたちの視線の先には一人の天使が宙に浮いていた。幸助やモニカ会長達の姿はない。どうやらアタシたちが一番乗りのようだ。

四対の羽を生やした彼女、ラジエルこと桜は、ステンドグラスから差し込む虹《にじ》のような光を浴びている。

そんな彼女の姿は神聖で静謐《せいひつ》でありながら神々しく、それでいてどこか高圧的だ。そして肺が押しつぶされるような感覚があり、呼吸がしづらい。

いや、呼吸だけではない。彼女の見えない力で体全体が押しつぶされそうな、そんな錯覚を覚える。

アタシ達がその圧力を受けている最中、天使ラジエルこと、桜の目がゆっくりと開いていく。

その目を見てアタシの本能が全身に向かって叫んだ。

『今すぐ尻尾《しっぽ》をまいて逃げろ』

彼女の周りに一つの魔法陣が浮かび、それが起動する。すると桜の周りにいくつもの本が浮かび上がる。桜はそのうちの一つの本をジェスチャーだけで手前に引き寄せると、その本は淡い光を纏《まと》い、勝手にページがめくられていく。

「私は嘆いています」

　その力の奔流に晒《さら》されているのはアタシだけではない。伊織達もオレンジや副会長も苦しそうだ。むしろアタシが一番余裕があるかもしれない。

「人間が、こんなにも利己的で愚かである事に」

　意外なことに、誰より苦しそうなのはこの中で一番の実力者で、様々なダンジョンで戦闘経験があるはずのステフ聖女であった。

「確かに人間は欲深いわ、愚かでもある。前向きなのは良《い》いけれどやっぱりウザい」

　ステフ聖女は呼吸を整えながらそう言う。

「聖女様、なんで俺を見るんすか……」

　オレンジはそう嘆くが残念ながら全メンバーどころか全会一致だろう。緊張をほぐす為だろうが、ジョークを言ったところでこの受ける圧力は変わらない。

　しかし雰囲気は気持ち楽になった。

「私がステフ隊長の言葉を補足します。全ての人が愚かではありません。それに彼には優しさがあります」

「ふ、フラン副会長……！」

　わかりやすく目をキラキラさせるオレンジだったが、フラン副会長は首を振った。

「申し訳ございません。遠慮します」

「まだ何も言ってないっすよ！」

「うっざいわね、分かりきってる事に一喜一憂してんじゃないわよ」

アタシはそう言ってオレンジの背中を叩《たた》く。

聖女もフラン副会長も軽口を叩いているが、内心はそれどころじゃない。あんなバケモン目の前にして何とか自我を保つために、わざと言っているのだ。オレンジは知らねーけど。

「……ここに来なければ今のような幸せなひとときを過ごせたというのに」

桜は表情を変えずに淡々と、そう言った。それは正直いらついた。

「はっ？　そのまま放置していたらアタシたちが殺されるってのに、んなこと出来るわけないでしょ」

アタシがそう言うと、フラン副会長が眼鏡を直しながら頷く。

「滅ぼしに来るというのなら、私たちにはどんなことがあろうと逃げるという選択肢はありません」

「俺もモテ期が来るまでは死ねないしな」

「一生来ないわよ」

そうオレンジに言ったものの、悪い奴ではないから気になっている子はいる。教えてやるつもりは無いが、彼は気がつくだろうか。

「私もね、諦《あきら》めている未来だから、世界がどうなっても良いとも思っているわ、でもね」

そう言うのは聖女だ。

「力で押さえつけられるのは好きではないの」

聖女の横から伊織が前に出てきた。

「桜さん。僕たちは僕たちの未来を紡ぐ。それを桜さんに止める権利は無い」

伊織は剣を向け、聖女は魔法を詠唱する。アタシたちも一斉に武器を構え身体強化や詠唱を始めた。しかし全員が全員理解しているはずだ。

彼女を前にして、彼女の力を受けて、理解できない訳がない。

アタシたちは絶対に勝てない事を。

「行くよ、みんなっ！」

桜の前に浮かぶ本の上に魔法陣が浮かぶのを見ながら、アタシは祈る。祈ったところで叶《かな》うわけないかもしれないけれど、そうするしかない。

早く来てくれと。

もちろんアタシの思いとは裏腹に桜から魔法が放たれた。

「意外だっつーの。マジで意味わかんない」

　トレーニングや戦いにおいてイメージは非常に重要だとアタシは思っている。

　戦闘中にも強大な敵がいると想像し、その想像の中で自分の分身と戦わせたことはある。例えばベニート卿《きょう》。彼の戦い方を見て、アタシはどのように動けば彼の不意をつけるか、どうすれば一矢報いることができるか、考えていた。

「負けるイメージしか見えないはずだった。でもなんとかしのげてる」

　桜の前に浮かぶ本が光り輝くと、桜の後ろに大きな魔法陣が浮かぶ。そこに金色で十字のダガーのようなものがいくつも浮かびあがり、それはまるで雨のようにアタシたちに降り注ぐ。

　伊織は聖女の前方に立ち、なるべく被害が後ろに行かないようにしていた。オレンジは多少ダメージを受けながらも副会長が作った土魔法の壁に入り込んだ。

　ダガーの雨を受けていた伊織は苦しそうだった。その一本一本が魔力で強化している盾を削り、さらに攻撃を耐えるために踏ん張る伊織だが、その勢いを完全に殺しきれず、ゆっくり後ろへ押されていた。

　少し離れていたアタシは射程圏から逃れ、攻撃を放った彼女に向かって走る。

　どうやら伊織には聖女のフォローが入ったようで、そちらは大丈夫そうだ。

　しかし問題はこっちだ。

　今も絶え間なく魔法を放っているのにもかかわらず、彼女はこちらにも攻撃を仕掛けてきた。それもよく見覚えのある方法で。

「……まるで瀧音君だ」

　伊織は呟く。

　なんと桜の服が伸びて、服の先についていた金色の飾りがアタシに向かって飛んできたのだ。

　何とか一つをよけるも、反対側からも同じように飾りがアタシに向かって飛んできたので、ダガーでいなす。そして後ろに飛びすさって距離をとった。

「あっぶねー服着てるわね」

　先端が鋭くとがっている上に、かなりの魔力が込められている。まともに食らったら大変なことになるだろう。

　何より厄介なのは。

「遠距離と近距離をつかえるアイツね。最悪だわ」

　瀧音はほぼ接近ではある。しかし桜は遠距離魔法を唱えながら、物理も仕掛けてくるのだ。

「隙がなさすぎるってー！」

オレンジは叫ぶ。しかし伊織は。

「でも戦いようはある。だって僕たちは一人じゃない」

「伊織君のいう通りですね」

フラン副会長はそう言うと、魔法を発動した。彼女の周りにとがった岩々が浮かぶと、それらは弾丸のように回転しながら射出される。

勢いよく飛ぶそれを、桜は瀧音と同じように服を操り、迎撃する。

そこに向かって、今度は伊織の出した火球が飛んでいき、桜はそれを後ろへ飛ぶことで回避した。

彼女は確かに一人で二役できるかもしれない。しかしアタシたちはそもそも一人ではない。五人いるのだ。

攻略するなら、コンビネーションが必要となるだろう。しかし、それをするのは難しい。桜はそれをさせまいとマシンガンのように連続で攻撃してくるのだから。

桜が自身の周りに浮かぶ本をジェスチャーで引き寄せる。すると今度はその引き寄せた本が光り輝き、大きな魔法陣を作り上げる。

「ホーリーランス」

そこから現れたのは光の槍《やり》だった。

とても長く、二メートル以上はありそうな光の槍で、それがまたもや弾丸のようにフランたちの方へ射出された。

　それを見たフラン副会長は叫ぶ。

「まずい、逃げてください！」

　すると壁に隠れていたオレンジとフラン副会長が壁から横へ飛びすさる。同時に槍はその壁に直撃し、まるで何もなかったかのように貫いた。

「なに、あの威力」

　槍が直撃した場所にはぽっかりと穴が開いていた。

「あんなん食らったら、穴開いちまうよ」

　オレンジは顔を青くしてぼやく。また伊織は槍を見て何かを呟《つぶや》いた。表情と口の動きから読むに『なんで？』だと思う。

　そして伊織は飛び出した。

「剣の振りが甘いわね。魔法も中途半端。もったいないわ」

　伊織は飛んでくる光の矢を盾でいなしながら、簡単に桜のもとに入り込む。そして桜に向かって剣を振り下ろした。

「それだけなの？」

　剣が空中で止まっている。どうやら光魔法で盾を作り出しているようだ。

　桜のむかつくところは、本当に多種多様な魔法を使ってくるところだ。そしてその度に本を変えている。

「また、別の本ですか！　別の魔法が来ます」

副会長が叫ぶ。伊織は現れた光のダガーをよけながら、少し距離をとる。

隙を窺《うかが》ってオレンジも果敢に攻め込むが、その攻撃さえも着ている服についている飾りを動かすことで防御する。

そんな彼女が周りに浮かぶ本と使われる本を見てふと思う。

もしかしたら、いけるかもしれない。成功するイメージは見えた。

アタシは吹き飛ばされたオレンジを回復する聖女のもとへ行き呟いた。

「隙を作れっかもって感じです」

「なら、やりなさい」

「でも一回しか使えないと思います」

聖女は舌打ちをした。

「……私もなるべく攻撃に回る。ここぞというときにやりなさい」

アタシは前線で戦う伊織の横へ走る。桜は副会長と伊織の攻撃をしのいでいたため、近づくのは簡単だった。

いつそれをするか。それはいまではない。一度しかないチャンスだ。彼女の様子を窺いながら攻撃に参加。隙を探す。

それから何度打ち合っただろうか。

「ラジエルはまだ本調子じゃないようね」

聖女の言葉に桜は何も言い返さなかった。

「気が付いた？　ラジエルの動きが鈍くなっている」

聖女はアタシたちにそういう。今こそチャンスなのかもしれない。しかし一つ気になることがある。

伊織がおかしい。

さっきのゴーレム戦で伊織には強者のスイッチが入っているように見えていた。

しかし今は覇気がなくなっているように思える。それは疲れではないはずだ。

「こんなに力をつけていたなんて……こんなに自分の力を出せないなんて」

桜は呟《つぶや》く。前にいた伊織は何も言わず桜に剣を振る。

しかしそれは桜の作り出した盾にはじかれ、伊織は後退した。それを見た桜はすぐに光の槍を作り出す。

「あのバカっ！」

伊織の横を岩の弾丸が飛んでいく。副会長だ。しかし桜はそれをよけると、今度は別の本を引き寄せ、光の槍を作り出し射出した。

しかしそれは伊織のそばに着弾したため、けがはないようだ。

「……やっぱり」

伊織は呟く。そして剣を握りなおすと桜に向かって走る。

「おらぁ！」

オレンジが横から斬りかかる。彼は簡単にガードされたが、そのおかげでほんの少しの隙ができた。

「ストーンレイン！」

副会長が尖《とが》った岩を射出していく。そして聖女も光の矢を飛ばしていた。

今、最大のチャンスが来たとアタシは思った。

桜が気配を消しながら力をためる。そして彼女の視線から外れるように動いた。

「くっ」

桜が苦しそうな表情をしている。そりゃあんなに攻撃されれば、守るので手一杯なのだろう。服についた飾りもフル活用して攻撃をしのいでいる。

しかしまだだ。今度は伊織の攻撃がある。

そんなとき、桜がどうするか。それは知っている。彼女は本を引き寄せ別の魔法を放ち伊織を追い払うはずだ。

ほーらね。だからアタシが狙うのは。

「こっちだっつーの」

本だ。桜ではない。桜の魔法を物理的に妨害するのだ！

「まさかっ」

本を攻撃されるとは思ってもいなかったのだろう。桜が引き寄せようとした本は飛んでいき、防御する手段を失った桜。彼女に伊織は斬りかかる。もう邪魔するものはない。

それは初めてできた大きな隙だった。

そしてようやくできた隙だった。

また対策を練られやすい一発芸のようなものだから、今回がこの手が使える最初で最後のチャンスだと思っていた。

伊織は剣を振りかぶる。その瞬間の桜は驚きに満ちていた。でも口元はほんの少し笑っているようにも見えた。

伊織は剣を…………振り下ろさなかった。

「あなた何をしているのっ？　早く剣を振りなさい」

ステフ聖女はガチギレしながら大声でそう叫ぶ。しかし伊織は剣を振るどころか腕を下ろし、脱力した。

「伊織君……？」

「おいおい、伊織！」

各々が伊織に声を掛けるも、伊織は動かない。桜も動かないしそれどころか動揺すら感じる。

「何で桜さんは攻撃しないんですか？　僕にはこんなにも大きな隙があるんですよ？」

伊織はそう言いながら数歩下がり、信じられないことに剣を鞘《さや》にしまった。

「桜さんは本当に、世界を征服しようとしているんですか？　違いますよね？」

彼女は何も言わず、魔法を発動させた。

「伊織っ！」

伊織の横を光の槍が通り過ぎるも、伊織は微動だにしない。

「むしろ殺されようとしている」

「……次は当てるわよ？」

桜はそう言うと再度光の槍を生み出し、伊織にその切っ先を向けた。

「むしろ何で当てないんですか？　どうぞ、当ててください。僕は……避《よ》けません」

伊織の言葉で桜は魔法を発動させる。

「なぜ？」

桜は呟く。伊織は避けようとしなかった。今度は一直線に彼に向かって魔法が発動されたのだが……彼には当たらなかった。

それはアイツが、ずっと待っていた奴が文字通り飛んできたからだ。

「おいおい、リュディ。もうちょっと手加減してくれよ。間に合ったけどさ、っと」

そう言って自分にかかった砂埃《すなぼこり》を払い彼は笑う。

「よお、伊織。待たせたな」

「遅いよ、幸助君」

五章

桜の真意

—幸助《こうすけ》視点—

死ぬかと思った。死ぬかと思った。死ぬかと思った。

確かに間に合わなそうだからとリュディに風魔法で飛ばしてくれとは言った。だけどそれはしてはいけなかったかもしれない。まるで安全装置のないジェットコースターだ。心臓に悪すぎる。しかもあのホーリーランスはなんなの。ストールに穴あいたかと思った。

俺がここに来てから、続々と皆が集まってくる。

「うっっっわぁーすっごくとびましたね。やっぱやらなくて良かったぁ……」

「伊織《いおり》君、里菜《りな》ちゃん、みんな大丈夫？」

「遅くなった、すまない」

「あっれぇ？　なんか、そのバチバチやってるのかと思ったんですけど、不思議な空気になってますね……？」

と結花《ゆいか》が言うと、伊織が頷《うなず》く。

「幸助君、結花、皆に聞いて欲しい」

「なんだ？」

「桜《さくら》さんは、悪人なんかじゃない」

伊織はそういう。

「それはどうしてだ？」

「桜さんの行動はおかしい。自分が天使であるヒントをダンジョンに残す理由なんてないじゃないか。処分してしまっていいと思うんだ」

彼の言う通りだ。それはマジエクのゲームを初めてプレイした時でも疑問だった。

「それに僕が桜さんの文献を見つけたとき、それは桜さんに紹介されたダンジョンでもあった」

ゲームで桜さんが伊織に紹介するダンジョンは、彼女が天使である証拠と、彼女が世界を征服するためにしていることが古代語で書かれていたりするはずだ。

現実でそんなことがあったのだろう。だから疑問を持った。

だってそんなものさっさと処分してしまえば良かったのだ。なぜそんなものを残す必要があったのか。

「なにより」

見た人を誘導したいからだ。桜さんも詰めが甘い。もっと自然な形で自分が悪者と残せば良かったものを、と思う。いくつかはあからさますぎて、心のどこかで誰かに助けを求めていたのではないか。そうも思ってしまう。

「桜さんが世界征服だなんて、そんなことする人じゃない。何か理由があるはずだ」

　聖女達は何も言わない。桜さんだって何も言わない。伊織の言葉に耳を傾けていた。

「僕は桜さんと沢山時間を過ごした。瀧音《たきおと》君だって先輩達だってそうなはずだ。だから知っているじゃないか。桜さんがどういう人かっ！」

　伊織は叫ぶ。俺たちを見て。そして彼はもう一度全員を見ると、副会長の前にある魔法陣を見て柄《つか》を握る力を強める。そして桜さんに向き直ると歩き始めた。

「僕は自分の考えを信じる」

　一歩。

「桜さんはなんで僕たちを攻撃しようとして、悲しい顔をするの？　どうして危険な攻撃はわざと外すの？」

　また一歩と伊織は歩く。聖女やフラン副会長たちの顔には先ほどの言葉に思い当たることがあるのだろう。驚いた顔をしている。

「もし彼女を殺すというのなら」

　彼は桜さんの前に歩く。ゆっくりと。

　そして桜さんの前に立つと、俺たちの方を向いた。剣の切っ先をこちらに向ける。それ

は人類を守るためではなく、桜さんを護《まも》るために。

「僕が相手になるっ！」

伊織は間違いなく主人公だ。困っている人を、もう他の人が手を引いて諦《あきら》める人さえも助けてしまうヒーローだ。

そろえていたピースが綺麗《きれい》にハマっていく。ここまでは想定どおり。あと少しだ。

「伊織、それは本気なのか？」

俺は伊織に確認する。

「ちょっと幸助……」

「リュディ、黙っていてくれ。俺は伊織に本気なのかと聞いている。場合によってはお前は全員を裏切る事になるんだぞ？　人類が滅びる可能性もある」

今回桜さんを助けることに失敗した際のバッドエンドは、世界の崩壊もしくは桜さんの死である。ゲーム内ではとある理由ですぐには崩壊しなかったが。

「さっきも言ったよね？　僕は自分の考えを信じるよ。ほら見て、桜さんの顔を」

眉《まゆ》が下がりもう止めてくれと言わんばかりに伊織を見ている。俺が桜さんの立場なら予定が狂いすぎて泣いてしまうかもしれない。

「僕には助けてと叫んでいるように見える」

「私たちに剣を向けることはともかく……彼女の話を聞きたいところね」

ステフ聖女はそう言って桜さんに視線を向ける。全員が桜さんの言葉を待っていた。

「私が生きていることで、世界が崩壊するのは決定事項よ」

桜さんは諦めたようにそう言った。彼女から受ける圧力は、もう見る影もない。

「でも自害は出来ない……だから私は誰かに殺して欲しいの」

皆神妙な顔で桜さんの言葉を聞いている。

しかしその言葉の正しい意味を理解しているのは、この場で俺だけだろう。

「話を聞くにいくつか疑問が残ります……自害ができないと仰《おつしゃ》るということは、ラジエルが亡くなる事で、世界の崩壊は回避できる？」

フラン副会長が俺にそう聞く。

「俺がその答えを喋《しゃべ》ってもいいんだけど、桜さんに聞いた方が良《い》いと思いますよ」

と俺が言うとフラン副会長は「知ってたんですね」と冷めた目で言った。失言だったかもしれない。桜さんは俺を見て、

「疑問だった、なぜ瀧音君が私の事をこんなにも知っているのか。こんなにピンポイントで私の事を言い当ててくるのか」

そう呟《つぶや》く。

「俺の血筋を考えてくれよ、桜さん」

「ふふ、言われてみればそうね……やんちゃ龍炎《りゅうえん》の血筋だものね。花邑《はなむら》家は厄介な者ばかりだわ」

　桜さんはこの場で初めて笑った。しかしそれは弱々しい笑いだった。

「は、花邑龍炎様を子供扱い……」

　聖女が絶句している。花邑家の当主であり、毬乃《まりの》さんの祖父である。

「私は龍炎が子供の頃から知っているもの。まあそれは今は良いわ」

「理由を話して欲しいです」

「そうね……まず前提として私の事を話さなければならないわね。改めて……私は知の天使ラジエル。知をつかさどっていたの。こう見えても頭が良いのよ」

　まあそれは全員が知っている事だ。

「私は色々あって、自分の知識の受け皿かつ、私の補佐役として魔法生命体でもある『本』を作ったの」

「本ですか？」

「ええ、本です。『ラジエルの書』とでもしておきましょう。それには私のありとあらゆる知識を詰め込んだ。魔法学、物理学、生物学、数学、言語、諸々《もろもろ》のありとあらゆる知識を。そして私は本に自分の魔力パスを通し、自我を持たせた結果。しばらくしてそれは暴走した」

まあその本は高度なＡＩ（人工知能）が巨大なデータベースを持つようなことに近いだろう。ただそれは今のＡＩではなく、更に発展し今の人類からは想像もつかないような、人間をはるかに超越した高性能なＡＩを想像すれば良いか。

「暴走ですか？」

「初めは正常に人間を導くように動いていた。良い世界になるようにね。またその本は自分と知識と未来予知魔法を独自で合体させ、完成度の高い未来予知が可能になった。それは魔法と知識を使ったこの世界にはない独自の未来予想魔法。的中率はとても高い」

「桜さんが占いと称して僕を占っていたのは……いつもよく当たるなと思っていたのはもしかして」

伊織がそう言うと、桜さんは頷いた。

「すべて当たっていたでしょう？」

伊織は心当たりがあったのだろう。呆然《ぼうぜん》と桜さんを見ている。

「『ラジエルの書』はね、このままでは人類が破滅の未来へ進む。そういう結論を下したの。そして人類を一度少なくして管理する事で全滅が免れる事も分かった。だからこの本はある意味善意で世界を救おうとしているの」

「つまりは人間の存続のために本は世界征服を狙う、ということですね」

「せ、世界って崩壊するんすかっ⁉」

俺の要約を聞いてオレンジが叫ぶ。

「まあ、可能性が高いだけよ。回避できる可能性はあると私は信じている」

「だけど本は……」

「ええ、人を減らそうとした。だから私は『ラジエルの書』を処分しなければならなかったの」

「処分してしまえばいいじゃないですか。って言いたいところですけどそれならもうしてますよね？」

「ええ、それを説明するには天使の制約について話さなければならないわね。天使はいくつかやってはいけないことがあるんだけど、それの一つが自害なのよ」

「一部天使の、ゴミみたいな制約ですね。魂が救われず、輪廻《りんね》からも除外され……未《いま》だにその時代遅れが残っているとは思いませんでした」

ななみが吐き捨てる。なんだろう、古い考え方を曲げない老害に悪態つくように話す。

制約のすべてが悪いわけではないわ、と桜さんは苦笑した。

「そして『ラジエルの書』は私と制約とパスがつながっている……そうね、私の魔力がないと存在を確立できないと思ってもらえればいいかしら。そのせいで『ラジエルの書』は存在が限りなく私に近づいてしまった」

「な、なるほど。なんかよくわかんねっすけど」

「あんたは黙ってなさい」

オレンジがカトリナに叩《たた》かれる。

「桜さんはほぼ『ラジエルの書』と存在が一緒のため、処分すると制約を破ることになる、だから自害できない」

桜さんは頷いた。

「そしてここにいる人たちには『ラジエルの書』を倒す力を持つ者はいない。だから私はこうするしかなかった」

「は？　あんたもしかして、自害が出来ないなら他殺ってことっ？」

カトリナが気が付いた。桜さんは頷く。

「そうよ。まったく、瀧音君も、伊織君も……一体何なの。まさかこんなことになるなんてね」

桜さんは笑っている。でも泣いている。笑顔のまま頬に涙がつたっていた。

「あなたたちが優しいのを知っていたから、罪悪感を残すであろう頼み方はしたくなかったんだけどね」

「……どういうこと。桜さん」

伊織も泣きそうだ。彼女から何を頼まれるかわかっているのに伊織は聞いたのだ。

「もし私を思ってくれているのなら、私を殺してほしいの」

伊織の手は震えていた。下を向いて腕で目を拭って、顔を上げて声を出そうとして。だけど声は出なくて、歯を食いしばって悔しそうにして。

ようやく出た声はかすれていた。

「なんで桜さんを殺さなければならないんだ」

「私だって本に好き勝手させたくはないわ。でも無理なの。世界を救う唯一の方法は、私を殺すこと。私との魔力パスが繋《つな》がっていることで、あの本は自分を維持している。あの本の動力源である私さえいなくなれば、本は自分を維持できず消滅する」

「そんな……」

「私はね、この世界は美しいと思っている。人々も大好きなの」

桜さんは話す。

「そんな世界を間接的にでも私の手で破壊するだなんて、そんなの耐えられない」

「しかしそれなら私達がその本を破壊してしまえば……良いのでは無いでしょうか」

フラン副会長が言う。

「それが出来れば苦労しないわ。手加減した今の私にさえ苦戦するあなたたちが、私以上の存在に」

「あ、あれで手加減っすか……？　しかもそれ以上ってマジすか？」

「ちっ、殺されるイメージしかなかったっつの」

オレンジが引きつり、カトリナは悪態をつく。

「会長がいないのもありますが、勝てる見込みはほとんどありませんね」

眼鏡を直しながら副会長は言う。

「だから、世界を救うためにも、私を殺して」

訪れる沈黙。俺は今後を考え辺りを確認しつつ、あえて黙っていた。

最初に動き出したのは聖女だった。

「私がやるわ」

「ステフ聖女!?」

「彼女が望んでることでしょ？　それに世界は救われる。なによ、良いことだらけじゃない」

「でもそれは桜さんを殺すことなんですよ？」

「やりたいか、やりたくないかと言えば、もちろん後者よ。でもやるしかないじゃない。私はコレでも風紀会の隊長で、聖女。私がやらなくて誰がやるの」

ステフ聖女は誰もがやりたくないことを、この場のリーダーとしてしようとしていた。

しかし、俺と『彼』はそれを止めなければならない。

「ステフ聖女。少し考える時間をくれないか」

「時間を……それはなぜ？」

「俺たちは今、色んな情報でショックを受けている。整理する時間が必要だ。混乱したまま結論を出しちまったんじゃ、後々後悔が残る」

「ショックを受けている、ね？　そんなそぶりも見せないあなたが、ね」

その視線は冷たい。

「ま、分かったわ。でも、あまり長い時間は取れない」

ありがとうございます、とお礼を言う。

桜さんは決まったら声を掛けてと、ステンドグラスの前に立つ。ななみは桜さんのもとへ歩いて行った。

そして俺は、

「なあ、伊織。お前はどうしたい？」

すぐさま伊織に声を掛けた。桜さんを殺そうとしている聖女を止めなければならない『彼』に。

伊織の成長。これから伊織は何度も辛《つら》い選択を迫られ、決断をしなければならない。

だから俺が今、解を話してしまっては駄目なのだ。それでは今後伊織に訪れる怒濤《どとう》の展開に、彼が耐えられなくなるかもしれない。

もちろん俺は伊織を支えるのだとしても、伊織の心が折れたら、世界も伊織もヒロイン達もバッドエンドだ。

「ごめん、まだちょっと頭の中がぐちゃぐちゃなんだ。ただ……決めていることがあって」

「決めていること？」

「うん。僕は世界も、桜さんも救いたい。だから僕は『ラジエルの書』を倒しに行く」

そうか。そうだよな。聞くまでもなかった。そんなことで伊織が折れるわけがない。

「相手は強大だぞ？」

「うん知ってるよ。たとえ僕は一人だったとしても行くよ。それでさ幸助君」

伊織は言葉を区切る。

「なんだ？」

「僕はラジエルの書を倒す事が出来ると思う？」

そんなの決まってるさ。

「ああ、出来るさ。なんせ」

そう答えて自分に向かって親指を立てた。そしてウインクする。

「俺がいるからな」

伊織は笑って頷いた。

「聖女様。ごめんなさい。僕は『ラジエルの書』を倒しに行きます」

はぁ？　と聖女が怒るのが分かる。

「先ほどの桜に勝てないのに、それ以上の存在に勝てるわけないでしょう!?」

「一人で行くとなると確率はゼロに限りなく近いでしょう」

フラン副会長も賛同する。しかし伊織はそれでも意見を曲げないようだった。

「それでも僕は一人でも行く。もし僕に何かあった時には……お願いします」

そう言って彼は頭を下げる。それは桜さんを殺してくれということだろう。

その様子を見たカトリナは深いため息をついた。

「あいつ、絶対早死にするタイプよね」

「でも俺たちがいるから……ま、大丈夫じゃね？　あれ、加藤《かとう》は行くよな？」

オレンジが言うと当然でしょとばかりに鼻を鳴らすカトリナ。

行く気満々だ。悲壮感は感じられない。

「っはぁーっ？　オレンジさんこそ、最初にやられるタイプですよね」

「確かに映画なんかでは、お調子者が真っ先にやられるわね」

結花、リュディがその輪に加わる。

「本を倒しに行くのは私たちだけで良《い》いか？　本当に。私はお前に聞いているんだぞフラン」

先輩はフラン副会長を挑発する。

「雪音《ゆきね》、私は一人で行く場合の可能性を話しただけ。そして彼の覚悟を試したのです。私自身は心でそんな本は百回穴だらけにしました。負けるつもりはありませんよ」

　ははは、と笑う先輩。

　そんな様子を冷めた目で座りながら見ている聖女の隣に、俺は着席する。すると彼女はとても嫌そうな顔をして、少し俺から体を離した。ずいぶんな嫌がりようである。

「それは俺の心が傷つきますよ」

「そんなの私が知ったことではないわ……それにしてもここには死にたがりの馬鹿ばかりね。あなたもでしょう？」

「まあ俺も行くつもりです。聖女様だってそうじゃないですか」

　長く深いため息をつく。

「こんな状態になったら行くしかないじゃない。ホント疑問よ」

「疑問ですか？」

「皆が命を捨てようとしていて。私が命を失うのは恐くないわ。でも自由で好きなことが出来るあなたたちが、そう早く死にたがる事に疑問を抱いている」

　もはや愚かにも見える。そうまで言った。だから俺は。

「愚かなんですよ。ここにいる人達は皆、アホなぐらい優しい人達なんですよ。単純に自分とか二の次で、誰かを助けたい、だから愚かなんです」

「愚か、ね？」

「もちろん聖女様だってそうです。俺からみればとても優しくて、他人思いで、愚かだ。だから何が何でもあなたを助ける」

「……」

「自由になる覚悟をしていてくださいね」

そう言って俺は彼女の横から離れる。

「誰が私を殺してくれるか、決めたかしら？」

「決めました」

伊織が前にでる。そして俺は隣に立つ。それを見て桜さんは優しい笑みを浮かべた。

「今までありがとう、そして私を手に掛けても罪の意識にとらわれないで。あなたがしたことは私の望みを叶《かな》え、世界を救ったの。誇りに思って」

そう言って桜さんは力を抜く。

「はい。僕たちは自分たちの決断に誇りを持ちます」

桜さんは目に涙をためて頷《うなず》く。

「『ラジエルの書』を僕たちは倒しに行く」

桜さんの顔が変わった。

「えっ、あっ、えぇ？」

「もう、みんなで決めたんだ」

「むっ無理よ。そもそもあなた達は場所も知らず、どうやって行こうとしているの？」

「桜さんの事です、絶対に話さないと思います。でもここには幸助君がいる」

伊織がそういって俺を見た。

「なあ、桜さんがずーっと司書でここにいる理由、俺は知ってるぜ？　一つはラジエルの書をこのダンジョンに封印しているのは桜さん自身だから」

「どうして……そのことを？」

「もう一つの理由は……優しい桜さんだ。ラジエルの書に間違って戦いを挑んで殺されるのを防ぐために『わざと』ここで待機しているんだろう？　これ以上先に進んではいけないから」

「……嘘、まさかっ⁉　いけない！」

「残念だったな、桜さん。俺が相手だ」

俺は桜さんの前に立ちはだかり、天使拘束用のアイテムを三個同時に投げる。現れたグロテスクな触手を見て、ほんとエッロサイエンティストはいろんな意味で偉大だと思ってしまった。

「いけ、伊織。桜さんの後ろにある魔法陣だ。本はそこにいる」

　俺がそう言うと、桜さんの表情が歪《ゆが》む。

「どうしてそれを？　って顔してるな桜さん」

　俺は元々知ってるんだ。このフロアにラジエルの書へ通ずる道があることを。さっきこっそりななみに調べて貰《もら》ってそれも確認した。

「俺は殺させないぜ、仲間も、人々も……そして桜さん自身も」

　だって俺は、そのために行動してきたんだからな。

「伊織、みんな。ここは俺に任せて先へ行ってくれ」

「幸助君は？」

「こんな美人おいて、先に行けるわけねえだろ……それにラジエルの書を倒すために、どうしても桜さんを説得する必要があるからな。だから」

　俺は伊織の顔を見る。

「先に行っててくれ」

　伊織の行動は早かった。俺の言葉が法王の言葉にでも聞こえたのだろうか。彼は俺が適当な事を言っているなど考えもせず、すぐさま桜さんの横を通り過ぎ、その魔法陣へ飛び込んだ。

「おいおい、伊織ーっ、まてよぉ！」

「伊織っ、罠《わな》があるかもしれないってのに、もーっ、あんのばかっ」

慌ててオレンジやカトリナが彼の後を追い走り出す。

「先へ進んではいけませんっ！」

桜さんが叫び、彼らを止めようとする。しかし触手が邪魔だろうし、俺もいるんだ。

その様子を見ていたフラン副会長とステフ聖女も動く。

「ではすみません。先に失礼します」

と、先に行った三人が心配だったのか、ちょっと焦った様子でフラン副会長が魔法陣へ入っていく。

ステフ聖女は俺を一瞥《いちべつ》し、一言呟《つぶや》く。

「私はこの短い自由をしっかり満喫したいの。だから面倒ごとは嫌い。もしあなたが死んだら面倒になるんだから……死ぬのは許可しない」

「善処します」

ふん、と聖女が魔法陣へ消えていく。桜さんは消えた彼らを見て呆然《ぼうぜん》としていた。

「皆も話していた通り、先へいって伊織達を助けてやってくれ」

「全く、美少女メイドという者がありながら、得体のしれない天使なんかに……」

いや、ジョークだと分かってそれ言ってるだろ。

「全くですよ、こーんな可愛い妹がいながらっ」

妹じゃねぇ、以前の話を引きずるな！

「ま、全くだ。こんなびじ、美人な先輩がいながら……」

先輩可愛い、結婚しよう。

「雪音さん、二人に合わせてぼけなくてもいいんですよ。で幸助」

「ん」

「こっちは任せなさい」

おう、と笑いながら返す。そのリュディを見て、ふと思い出す。

「ああそうだ、リュディ。商店街外れんとこだけど……知ってるか？」

そう言うとリュディは笑う。

「商店街外れのあのラーメン屋、期間限定で味玉が一個無料でつくのよね。私が知らないとでも思っていたの？　さっさと終わらせて行きましょ。もちろん皆でね」

「普通に知らないと思うんですけどね、あ、私も食べたいです。瀧音お兄ちゃん奢《おご》って下さい」

「ご主人様、ななみはいつでも食べられます。キャ♡」

「なぜななみは恥じらっているんだ？　まあいい、終わったら皆で行こう。私が奢ろうじゃないか。さあ、いくぞ」

先輩はそう言うと皆を促し先へ行く。

全員が消え呆然としていた桜さんはすぐに我に返り『自害しようとした』。

だから俺は桜さんを止める。そして説得して早く追わなければならない。

でなければ伊織達が殺されてしまうだろうから。

六章　ラジエルの書

—桜《さくら》瑠依《るえ》視点—

聖《ひじり》伊織《いおり》が、その仲間たちが、私が守りたかった人々が続々と転移していく。

私はそれを見ながら過去がフラッシュバックしていた。

初めて天使の里から地上に降りた時は人族など愚かな生き物だと思っていた。初めて出会った人が盗賊であったことも影響しているだろう。

そのせいで私は疑問だった。それは天使の里に戻らなくなる天使がいることである。その大多数は人族の心に惹《ひ》かれると聞いた。

人やエルフや獣人に尽くし、そのせいで散る天使さえいるとも。当時それが信じられなかった。知をつかさどる天使に生まれたものの、他人の心はよくわからなかった。

それで私はこの世界、そして人々を知りたいと思ってしまった。他の天使が戻らなくなったり、一生を尽くしたいと思えるこの場所を。

降りたってから数か月ほど経過したのち、たまたま機会があって、リュディヴィーヌの先祖でもあるエルフの王女に聞いてみた。

この世界や住む人々に魅力を感じますか、と。

私以上にその地上で生きていた彼女は答えた。

「天使様。私なぞの言葉では世界を語る事はできない。見て、聞いて、感じることだ」

彼女は続けて言う。

「山や森を歩き、町を歩き、人族やエルフ族などと話してみるのはいかがでしょう。疑問が雪のようにつもるでしょう、しかしいずれ春が来て氷解するように、自然と理解するでしょう」

彼女の言葉で私は様々なところを歩き、見て聞いて感じることにした。

エルフの里に行ってから、私は幾人かの者と交流を行い、最初ほど悪いイメージはなくなったものの、里に帰らなくなるほどの強い思いは生まれなかった。

だが風景に限って言えば非常にいろんな顔がある美しい世界だと思った。

広大な自然、透き通る湖、巨大な滝、白く雪化粧した山。天使たちがそれらに見とれ天使の里に戻らなくなるのはなんとなくわかる。

だけど人間についてはよくわからなかった。

しかし私が大きく考えを改めるきっかけになったのは、一人の少女だった。

彼女はスラム街の近くにいて、少し汚れた服を着ていた。お世辞にも良い生活をしていないであろう少女。彼女は一部の光属性魔法に大きな適性があり、それが私の興味を引いたのだ。こういう少女たちは何を考えているのだろうと。

私がじっと見ていたからだろう、彼女は私に言う。

「どうしたのおねーさん」

子供に問うたところで、何もわからないことは理解していた。だけど私は才能豊かな彼女に興味を持っていたので、とりあえず聞いてみた。

「皆は何を考えているんだろうなって」

彼女は首を傾げた。

「そんなの簡単。今日何をするか、何を食べるか、どうすれば幸せになれるかを考えてるんだよ」

「幸せになるため？」

「そう。お姉さん、幸せよ。幸せ」

「幸せ、ね」

「そう、幸せ。もしかしてわかんないの？　なら……私が教えてあげようか？」

その自慢げな笑顔が素敵だったから彼女の言う幸せに私は興味を持った。

「どうすれば幸せになれるの？」

「そんなの簡単だよ、ほらついてきて！」

彼女に手を引かれ私は歩く。連れてこられたのは町から少し外れた小さな花畑だった。

「綺麗《きれい》でしょ」

私は頷《うなず》く。彼女はそこで手を広げると花畑の真ん中でくるんと一回転した。そしてその場に座る。

「ほらここでお花の冠を作るの」

そう言って彼女はその花畑で花を集める。私も彼女と同じように花をむしって彼女に渡そうとしたけど、彼女は受け取らなかった。

「違うわ、もっと茎がないとだめ。あなた何も知らないのね」

初めて言われた言葉だった。私の正体を知る者は、神のように崇めてくれる人だっていたのに。ただし嫌な感じはしなかった。むしろちょっと嬉しかったのである。なぜかは分からないけれど。

「見て、綺麗でしょ？」

彼女はそう言って、ワンピースのスカートをつまんでその場で一回転した。

「綺麗ね」

まとっている布はいい布とは言えなかった。流行《はや》りから遅れているし、何度も着ているためボロボロだ。だけど花々に囲まれたこの場所で花の冠をつけて笑う彼女は綺麗だった。

何よりその笑顔は花よりも綺麗で誰よりも幸せそうだった。

「でしょ？　綺麗って言われて私は幸せなの」

花の冠を外し嬉《うれ》しそうにしている彼女を見ていると、あろうことか冠を私に差し出す。

「え？」

「私はもう綺麗になって幸せだから。だから今度はあなたが幸せになる番」

その花の冠を彼女から受け取った瞬間、私は彼女の言う幸せというものをなんとなくだけど理解できた。私はその場で彼女と同じようにくるりと一回転した。

「綺麗かしら」

「なかなか綺麗じゃない。もちろん私の次にだけど！」

初めて心から笑ったと思う。

「そういえばお姉さんはこのあたりで見ないわね。どこの人なの？」

そう問われて私はどう答えるか一瞬悩んだ。しかしハッキリと伝えることにした。

「実はね、みんなに内緒にしているけれど天使なの」

「天使って、あの天使？」

「どの天使かわからないけれど、天使よ」

彼女は私の背中に回って「でも羽がないじゃない」と話す。

「普段は隠してるのよ」

　私はそう言って彼女に翼を具現化させ見せてあげる。

　彼女は目をキラキラと輝かせて、ためらいなく私の翼に触った。

「さらさらでふわふわ。綺麗ね」

「どれぐらい綺麗かしら？」

　手を大きく広げ、何かを思い出したかのように手をおろした。そして顎《あご》に手を当てる仕草をした。

「うーん、なかなか綺麗だけど……私の次ぐらいかな！」

　それは世界をもっともっと好きになるきっかけだった。

　そして私が自分の翼を好きになるきっかけでもあった。

　私が笑いすぎたせいだろうか、のちに初代聖女と呼ばれる彼女は少し怒った。しばらくして再会したときに、彼女があんな性格になっているとは思いもしなかったけれど。

　そして私は彼女と約束をした。とても簡潔だけど重い約束を。

　それから私は好きになってしまった世界と人々のために、何かをしたいと思い、一冊の本を作り出した。のちに私の名前から『ラジエルの書』と呼ばれるようになった。

　それは世界と人類を守るために作られた本で、私の知識のすべてを詰め込んだ本だった。

　それに自らが成長していくように魔法を組み込み、やがて私の狙った通りに本は成長し、私以上の存在となった。

成長した本であるラジエルの書は長く世界の繁栄を導いていたが、それはずっと続くわけではなかった。

きっかけはラジエルの書が世界の破滅を予想したことだ。残念なことに私も同じような未来が見えた。

人類を守るためにラジエルの書が出した結論は、人類を減らし隔離することだった。最悪ともいえる結論に見えるが、それが一番マシな結果になるからだった。

ラジエルの書は暴走のような行動をとった。

一時期は悪魔のようなことにも手を出し、ラジエルの書はほぼ堕天した。大きなパスを持っている私は、そのあおりを受けて純白だった羽がだんだんと黒ずんでいく。

あの小さい子供に褒められた羽が、私のアイデンティティともいえる羽がだんだんと黒ずんでいくのだ。ショックは大きかった。

水面に反射した羽、鏡で見る羽はそれはもう黒くて、他の天使に見られたらどんな顔をされるかわからなかった。暴言だってはかれるだろう。

だけど逆にその羽を見ることで私は決意もできた。これは私が生み出したものだから、私がラジエルの書を消滅させないと、なんて。

どう消滅させるかを考えたとき、私はすぐに自害という言葉が浮かんだ。

私が消滅することでラジエルの書自体も消滅する。

しかしそれはしてはならなかった。しかし自害することに躊躇《ちゅうちょ》などなかった。

古《いにしえ》の天使の制約とか、どうでもいい。たとえ無限に苦しむ呪いが降りかかろうと、それでもよかった。


でもそういう問題じゃなかった。


私が自害した後の未来を見ても、世界は暗黒に包まれたままだった。

それならばラジエルの書がしようとしていたように、人間を減らし管理する方がまだマシだった。

なんとかその未来を変えるために私が出した答えは、『未来を見ることができない、世界を平和にする可能性を持つ人』に私の力や知識を与え、『未来を託す』ことだった。

その結論に至ったときには、すでにラジエルの書の力は私を超えていた。封印ができたのは幸運である。

しかし不運もあった。

ラジエルの書を封印するということは、自分の力を制限するということにもつながってしまった。彼女をダンジョンに抑え込むには自分のかなりの力を必要とした。

まず封印の場所から遠く離れられなくなった。離れると封印が弱まり、ラジエルの書が復活してしまう。つまり好きだった景色は一切見られなくなった。広大な海も、植物と動物と昆虫があふれる森林にも、緑から赤へ衣替えした並木道も、雪化粧した山も見られなくなった。好きなものだって食べに行けなくなった。

そして天使らしいことはほぼできなくなった。空を飛ぶことすらつらくなった。

ラジエルの書が暴れているときは、私の体中が悲鳴を上げる。まるで筋肉を引きちぎられるような、そんな痛みが時たま起こる。昔は死んだ方が楽なのではないかとさえ思った。

でも死ねなかった。

それを何年何十年何百年と『可能性の子』が来るまで待ち続けないといけない。永遠に来ないかもしれない、そんな恐怖とも戦った。

あまりにも苦しい期間が、本当に数百年続いた。もう終わらせてほしい、そう思っていた時。

『彼ら』は現れた。

私が選んだのは聖伊織だった。

彼は正義の心を持っていたし、とてつもない力を秘めていた。彼を導くことで世界は平和になると信じていた。

だから私は自分の知識や力、アイテムをダンジョンなどで与え、最終的に彼に殺され魔素として吸収してもらうことにしたのだ。

そして私を殺すことで罪悪感を得ないように、悪者として君臨することもできた。

さあこれから未来への希望のために、私は死ぬ。そんな時だった。

伊織君が私の前に立って、ステファーニア達の前に立ちはだかったのは。彼が私を助けるために、フロアを飛び出していったのは。

伊織君、そして彼の仲間たちが。私が守りたい人たちが、世界が。未来が、完全に潰《つい》えてしまう。何百年と待った希望のともしびが消えてしまう。

私はすぐに我に返り自分に魔法を放ち自害しようとした。しかしそれは瀧音《たきおと》君に止められた。

「桜さん、今ここであなたが死んだら、俺がしてきたことがすべて無駄になってしまう」

瀧音君はそう言うが、こちらからしたらそれどころではない。

「でもこのままいかせたら、ただ死ぬだけ。なら今すぐにでも私を殺して！」

ラジエルの書は私のように手加減などしない、わざと死のうとしたりしない。

「いえ、ラジエルの書は俺達に任せてください。完璧《かんぺき》な策を打ったんです」

「あなたはそう言うけれど、あなたが思っているほど簡単な話ではないの！」

「いいえ、違いますよ。知っているんです」

彼は真剣な表情でそう言った。私は瀧音君の方を見つめる。

「知っているわけないでしょう?!」

「知っていますよ。ここでラジエルの書や桜さんをどうこうしようと、未来で大変なことが起こるってことは」

私は一瞬言葉を失う。彼は花邑《はなむら》家の者だから、もしかして。

「そのことまで聞いたの？」

彼は悲しそうな笑顔で首を振った。

「実はね、さっきは花邑家を引き合いに出したんですけど、毬乃《まりの》さんにも姉さんにも親戚《しんせき》にも聞いてませんよ」

「じゃどうして！」

「俺はそれらよりも知っています。桜さんは信じられないかもしれませんが、俺は桜さんを知っているし、いくつかの未来も知ってるんです」

「何、を言っているの？」

「この世界がこの先どうなるかも知っています。今でいえば桜さんは本当は天使の制約なんかどうでもよいと思っていて、自害なんて簡単にできるけれど、あえてそれをしなかった理由もわかります」

「なんで、なのよ」

「聞いたじゃないですか、以前に、世界が好きですかって」

ふと以前のことを思い出す。あれはななみさんと雪音《ゆきね》さんがいた時だ。

彼は私のことを知っていた。私はその時に計画を実行しようとしたが、彼に待てと止められたのだ。

「だから俺が桜さんを助けようとしていることはエゴです」

「なら私を死なせて」

「いえ、死なせません。あなたが居なくなったことで俺が悲しみますし伊織たちが悲しみます。何より俺の存在意義がなくなってしまう！」

彼はそう言うと、私の服についていた触手の破片を手ではらった。

「俺はラジエルの書が隠して力を付けていることも、このダンジョンに隠し通路があることも知っていて、すでに対策は打ちました」

彼は私についていた埃《ほこり》をぱんぱんと払う。そして私の顔を真剣な表情でじっと見つめた。

「桜さんも今後の世界も俺が守ります。だから俺に力を貸してください」

そう言って彼は私の手を取る。

「ラジエルの書を倒して必ず幸せにします、俺を信じてください」

今までたまっていた感情が、数百年ずっとためていた感情が爆発しそうだった。心をわしづかみにされ、大きく揺さぶられ、涙が零《こぼ》れ落ちそうだった。

だけど、泣いてはいられない。それに何百年と生きた天使が、たった十年二十年ぐらいしか生きていない子に泣かされるのも、なんだかいやだ。それになぜか弱い姿を彼に見られたくなかった。

「……まさかプロポーズされるだなんて、思ってもみなかったわ」

私はそう言うことにした。もちろん言葉のあやだってわかってる。

彼は面食らった顔をしていた。彼の素敵な顔は困惑でいっぱいで、それもまた魅力的に映る。

「あ、いえ。そのっ」

「ふふ、瀧音君ったら……」

「確かにそれっぽく聞こえるかもしれないですけど、その」

彼はまじめな顔に戻ったけれど、まだちょっと動揺しているのがわかる。私は動揺している彼をあえて本題に戻す。ずっとやられっぱなしだから、ちょっとした意地悪だ。

「ねぇ。あなたはここだけではなく、この先すべてを見据えているのよね？」

彼は頷《うなず》いた。だから。

「わかった。瀧音君に賭《か》ける。でも覚えていて」

そういえば彼は私に似ていると以前言った。確かにとてもよく似ているように思う。

「……何をですか？」

世界のため、自分の身の周りの人に、命を懸けられるところが。

私が守りたいのは伊織君や世界だけではない。瀧音君も守りたいのだ。もし瀧音君が無理をして命を落としそうだと判断したら。

「どうしようもないと私が判断したら、私は自害する」

―瀧音視点―

先ほど桜さんが口にした「どうしようもないと私が判断したら、私は自害する」ことは天使の禁忌を犯すことに他ならない。

そしてゲーム版マジエクにおいて桜さんに対する一番悪いバッドエンドで、絶対にそれだけはさせてはならないと誓ったエンディングでもある。

伊織たちが片づけたのだろうか。出現するモンスターの姿はなかった。

だから俺と桜さんはすいすいとダンジョンの先へ進む。

十分ほどで、そこにたどり着いた。

そこは桜さんのいた場所とよく似ていて、ステンドグラスが目立つ聖堂のようなところだった。

そして暴れるラジエルの書を見て思わず乾いた笑いが出る。戦闘は始まっていたようだ。

「綺麗なのに、悪魔にしか見えないな」

俺の目に映っていたのは桜さんの形を模した何かと戦うみんなの姿だった。

ラジエルの書は桜さんの姿を模しているが、目は赤く漆黒の翼をもっている。また体全体が少し灰色だった。

さらに彼女の強すぎる魔力のせいか、体の周りに陽炎《かげろう》のようなものが浮かんでおり、彼女の不気味さを引き立てている。

俺たちが来たことに気が付いたのだろう。オレンジがちらりとこちらを見る。それを見たカトリナは切羽詰まった様子で叫んだ。

「アホオレンジ、前を見ろっつの！」

ほぼ無詠唱だった。ラジエルの書の前には魔法陣が浮かび、そしてそこから幾重もの光の矢がオレンジに飛んでいく。今まで見たことのないような速さで射出されるそれを、オレンジは何とか避《よ》けようとする。

そしてオレンジは迫りくる幾重もの光の矢を回避しようとするもその足に一つの矢が突き刺さる。そして今度は腕に。

「あ゙あ゙あ゙あ゙!!」

それを見ていた伊織とカトリナがラジエルの書に斬りかかった。それと同時に聖女が回復魔法を唱え、オレンジの回復を始める。

しかしラジエルの書は二人の攻撃など気にもとめない。二人の攻撃が彼女にあたる前に、薄い膜《まく》のような物に当たったが、ダメージはなさそうだ。

その後ろから結花《ゆいか》が前に出ると今度はガントレットで殴る。しかしそれも全く効いた様子はない。

「こんなんどうすればいいんですかっ！」

結花は吐き捨てる。

さらに後ろから先輩も攻撃に参加しようとしていたが、ラジエルの書も先輩の攻撃はまずいと思っているのだろう。

先輩に対して魔法陣をいくつも同時に具現化させた。

「また、出てくるわ！」

リュディが叫ぶ。

魔法陣から現れたのはいくつもの天使を模した石像たちだった。しかしそれらはだんだんと色が変わり、まるで生身になるかのように色づく。そしてすぐさま先輩に殺到した。

その数なんと八体。普通の天使と違うのは翼の色が漆黒で、堕天していることだろう。

それを見た先輩はあと十歩ほど踏み込めば攻撃射程圏というところで動かす足を緩める。

そして大きく息を吐き精神を統一し、攻め込んでくる天使たちに向かって薙刀《なぎなた》を振った。

「……美しい太刀筋ね」

桜さんは呟《つぶや》く。先輩の芸術的剣閃《けんせん》に思わず感嘆したのだろう。

先輩の前には剣を振りかぶった堕天使もいたが、その天使はその姿のまま静止し、やがてずり、と体がずれると魔素へと変わっていった。

先輩はすぐに走り出す。しかしラジエルの書の攻撃は終わらない。

またまた天使を召喚したのだ。今度は四体の蛇の頭をした天使が召喚され、魔法を詠唱していた。

「ようやく、力が戻ってきた。そして制御もできるようになってきた」

ラジエルの書が呟く。その声は桜さんとそっくりだった。

俺は駆け出すも先輩までは遠い。

ラジエルの書の言葉が真実とばかりに、彼女の周りにたくさんの氷の結晶のようなものが浮かび上がる。そしてそれを彼女は先輩に向かって放った。

それだけではなかった。今度は自身の服をまるで俺のストールのように伸縮させ、その服の先にあった飾りで先輩を攻撃していた。

蛇の頭をした天使たちはリュディや副会長が抑えていたものの、それ以外の攻撃の手数が多すぎる。先輩でさえ、防戦一方になってしまっている。

しかしラジエルの書はまたモンスターの召喚を始める。

こんな状態だというのに追加でモンスターを召喚されたらたまったもんじゃない。俺はストールで先輩に向かう攻撃をいくつかはじきながら、彼女の名前を叫んだ。

「桜さん！」

彼女は俺に言われていた通りに自分の魔力を俺やみんなに移す。それはもう、限界ギリギリまで。俺の魔力が、皆の魔力が回復していく。

「何を、している？」

ラジエルの書の弱点は桜さんとのパスが太すぎることにある。桜さんが死んでしまえばラジエルの書も死んでしまうように。そして魔力も実はある程度共有して使える部分があるのだ。

大量にあった魔法陣のうちいくつかは光が消失し、数体しか召喚できていない。

俺はちょうど目の前に現れた天使を第三の手で殴り飛ばした。

「これである程度力を弱められる、はず」

どうしても桜さんを説得したかったのは、一つは自殺をやめてもらうことと、もう一つはラジエルの書の魔力を抑えてほしかったからだ。

しかし俺と桜さんのとった行動にラジエルの書は失望したかのようにため息をついた。

「そんな小細工で……まさかそんな小細工で私を倒せるとでも思ったのか」

ラジエルの書は手を掲げる。すると魔法陣が現れそこにいくつもの本が浮かび上がった。

「お前らの小細工など、私には効かない」

その様子を見た副会長は唾を飲み込む。

「本に魔力をためていたようですね」

副会長は呟く。桜さんとラジエルの書が持つ本は特殊な本で、自身の魔力を高めるほかに、魔力を格納することができる。本来ならばそれを一つ処理するだけで、脳に莫大《ばくだい》な負担がかかるため、一度に複数操ることは難しい。しかし上級天使であり、知の天使である彼女らにはたやすいことだった。

ラジエルの書は一つの本を引き寄せると、本から魔力を吸い出しつつ、魔法を発動した。

そうして現れたのは、それはもう数えきれないほどの大量の天使たちだった。

態勢を整えるため、俺と先輩はななみたちがいる場所へ戻る。するとななみは淡々と俺に話した。

「まだ堕天使の数が膨らんでいますね。これはまるでルイージャ様がリボ払いしているぐらいの危機です」

「とんでもない危機だよ、それ。どんだけ膨らむんだ」

ルイージャ先生×リボとか絶対借金上限まで行くよな。もちろんカードはすべて停止＆廃棄しました。花邑家の力でブラックリストにも載せたから大丈夫なはずだ。

「でもほんとですよ。これ、ラーメン食べに行けるんですかね？」

結花が呟く。

「行けるわよ。でも味玉と替え玉くらいは用意してくれないとわりにあわないわね」

リュディがそういうと先輩は笑った。

「いくらでも食べるといい。私が奢《おご》ろう……だから生きて帰るぞ」

堕天使の数は少なく見積もって数十はいるだろう。もしかしたら百を超えているかもしれない。それだけではなくホーリーウルフも交じってるとか、変な笑いが込み上げてくる。

ちらりと伊織たちのほうを見る。あちらもしっかり陣形を組んでいるようで迎撃態勢を整えていた。

「皆、死ぬなよ」

堕天使の軍勢が襲い掛かってくる。

右からは剣が、左からは槍《やり》が、前からは魔法が、四方八方から攻撃が来る。

「瀧音、私は本へ行く。右と前を頼む」

先輩は左を倒すと、魔法を発動しかけていたラジエルの書へ駆けていく。

俺も右の天使へ抜刀し、前から来る魔法を第三の手で止めた。それと同時にななみが矢を放ち、蛇頭の天使を攻撃する。

今度は左から剣を持った堕天使が現れるも、俺は抜いていた刀で防御する。そして左にいた堕天使の攻撃をガードしようとしたとき、結花がフォローに入る。

多分、今までで一番みんなのコンビネーションが輝いているだろう。

しかし攻撃をさばききれない。今も飛んできた矢が俺の顔をかするし、堕天使の持つメイスで殴られ吹き飛ばされるがすぐに体勢を直し、メイスもちの堕天使を第三の手第四の手を併せて、上からたたく。

そして今度は結花に向かっている堕天使の一体を引きつけ抜刀する。さらにリュディやななみたちのもとへ行こうとしている堕天使たちを止めなければならない。

「くそっ」

思わず悪態をつく。

現状を簡単に説明するならば、防戦一方どころじゃない。タコ殴りされているというのが正しいだろう。それをこちらがやっているのであれば良いのだが、もちろん圧倒的物量差に押されてこちらが削られる一方である。

「一体どれだけ召喚できるんですか!?」

結花は半ギレでそう叫ぶ。もう何体倒したかわからないが、減っている様子はない。

一番つらいのは先輩だろう。

「はっ！」

天使の数が多すぎて、その処理に手間取っているため、ラジエルの書に人員をさけない。だからほぼ一人で、ラジエルの書の攻撃をさばいていた。

それはもちろん無傷ではない。体中から血を流し、何度吹き飛ばされようと、それでもなお勇敢に立ち向かっていた。

時たま聖女が回復で、フラン副会長が補助魔法でフォローしているが、それでは全然足りない。結花や俺が先輩のフォローへ行かなければ、ダメージは蓄積する一方だろう。

「はぁはぁ、一体何体倒せばいいのよっ!?」

リュディが息を切らしながらそうぼやく。次々と召喚される堕天使達。もう、一生終わらないのかと思ってしまう。

「終わりが見えないとか、マジでやめてほしいんですけど！」

結花がそう言いながら天使をぶんなぐる。

確かにいつまで続くかわからないことは恐怖だ。普通の戦闘だったら相手のダメージという目に見える消耗を感じることができるが、天使たちの数はあまり減っているようには見えないし、ラジエルの書本体に関して言えばノーダメージだ。

しかしだ。一見相手がどれくらい消耗しているかわからないように見えるが、とある方法でそれがわかる。

「相手の魔力が減っていることを予想する方法があるわ。それは本の数ね」

桜さんは苦しそうにそういう。彼女は魔力のほとんどを俺たちに渡してしまったため、ほとんど動くことができなくなっていた。また魔力が多少回復しても、すぐに封印魔法でラジエルの書の行動を制限していた。ただ陣刻《じんこく》魔石《ませき》や天使捕縛のアイテムなどを渡しておいたから、アイテムで自分の身を守ることと、リュディ達のちょっとした援護ができている。

「言われてみれば本が減っていますね」

最初は数えきれないぐらい本があったが、現在は残り冊数を何とか数えられそうな数にまで減っていた。だけど俺たちの限界も見えてきた。

「伊織、オレンジ!?」

カトリナの声が響く。

どうやら彼らのすぐそばに天使が召喚されたようで、攻撃をもろに貰《もら》ってしまったようだ。すぐに副会長やななみが援護に入り、聖女は回復を行う。

一番後ろで回復に徹する聖女だったが、もしかしたら彼女が一番この場で厳しいのかもしれない。彼女の顔には尋常じゃないほどの汗が伝っており、魔力の限界が近いことがうかがえる。桜さんもラジエルの書から過剰な魔力を吸い取り聖女に送ってはいるが、それでもなお魔力不足なのだろう。

俺は聖女の名前を呼び、収納袋を投げる。魔力回復のアイテムが幾つかあるが、どこまで持つか。

それからどれくらいの時間が経過しただろう。何度も攻撃を受け、何度も回復するを繰り返していたため、服は皆ボロボロだった。

しかしラジエルの書の周りに浮かんでいる本の数も、片手で数えられるくらいに少なくなっていた。

「あの本をすべてなくせば、魔力が尽きる？」

「本体にも多少残っているでしょうけど、それは多くはないわ」

リュディが聞くと桜さんが答えた。

「終わりが見えてきたぜ！」

そう言ってオレンジは近くの堕天使に斬りかかる。

さあもう少しだと気合いを入れたところで、ラジエルの書は悲しそうにため息をついた。

「これだけの力しかないのか」

落胆するラジエルの書は淡々と言う。

「私が本をそれだけしか用意していないと思っていたのか？　幸い時間だけはあった。だから用意するのは簡単だった」

と話すので、俺は思わず笑ってしまった。

「何がおかしい？」

「なら、それ引き出してみろよ。出せるもんならな！」

「そんなに死にたいならすぐに殺してやろう」

俺がそう言うとラジエルの書はすぐに魔法陣を起動するも、何も起こらなかった。もう一度と試すも、何も起こらない。

ラジエルの書がこちらを睨《にら》む。

「どういう事だ？」

「古本なんてためると部屋を圧迫するだろ？」

「どういう事なんだ！」

「はっ単純なことさ。そうなると思って処分しといたんだよ」

それは勝利のため必須《ひっす》だった。第二形態になる魔本もあったからな。今の倍以上とか、無理に決まってる。

俺がそう言うとラジエルの書は驚いた様子で俺を見た。

「なぜ。あの場所に行くためには細工が必要だ。何よりガーディアンを配置していたはずだ」

「確かに配置していただろうな」

かなり強いガーディアンを。だから俺もそこに学園最強の彼女をぶちこむことにしたんだからな。そのせいでこっちがピンチだけど。

さてと、ラジエルの書が動揺している今がチャンスだ。

俺は第三の手で前方をガードしながら、彼女の懐に入ろうとする。しかし彼女も入れさせない。

彼女の服の飾りが伸び、俺に向かって射出される。それを俺は第三の手、第四の手で弾《はじ》き更に前に進もうとするも、その前にラジエルの書の魔法が発動した。

光の槍が俺の腹部に迫る。何とかそれを第三の手第四の手を重ね、そらそうとするも、無駄だった。押し戻される。

「……どんな手段をつかったかは見当がつかない。しかし、だからなんなのだ？　負ける可能性はまだ無い。まだこちらにも奥の手は残っている。お前らを倒すだけならできるはず」

それは攻撃用の魔法でも、防御の魔法でも、回復の魔法でもなかった。それは短距離の転移魔法陣である。

「別で使おうと思っていたし、使うまでもないと思っていた。まさか使うことになるとはな。さあ、天界の聖獣達よ、いくのだっ！」

それは別のフロアに配置していたモンスターをこちらに呼び出しているのだろう。それらはダンジョン外に放出させるために貯めていたモンスターだ。それをこちらに呼び出した。召喚ではなく転移とは、さぞかし魔力が少ないのだろう。

しかしその数は多い。

ただでさえ天使がまだいるというのに、わらわらと出現する獣たちに今度こそ終わりと思ったのか。伊織を除いて聖女たちのパーティはもうだめだと顔を真っ青にしていた。

服もボロボロ、魔力もあとわずか。これ以上どう戦うのだと、そんな表情をしていた。

だけど伊織と俺たちのパーティは違った。

伊織は覚悟を決めていた。そして俺たちのパーティは知っていた。

「幸助君、僕は時間を稼ぐ、だからみんなを連れて逃げてくれ」

伊織は剣を構え神妙な顔でそう言った。

「おいおい、伊織。そんなこと言うなよ。俺はお前のことは友達だと思ってるんだぜ？」

「僕だってそうさ、でも僕は友達だからこそ、守りたいんだ」

そう言って彼は前に出る。

「……伊織、死ぬ気なのか？」

「ここは、僕が食い止める」

伊織はそこまで覚悟していた。だけどそんなことをさせるわけにはいかない。

伊織のパーティメンバー全員も同じだろう。死を覚悟していた。だけどそんなことをさせるわけにはいかない。

俺は第三の手で伊織の首根っこをつかんだ。

「わっ、何をするんだよ、瀧音君！」

「そんなことしなくてもいいぜ、どうやら来たようだから」

俺たちの横を灼熱《しゃくねつ》の火球が通り過ぎる。それは一つではない。いくつもいくつも降り注いだのだ。

「遅刻、ですよ」

俺は彼女にそう言う。正直に言えばとても安心した。俺が待ち望んでいた彼女が、ついに来たのだから。

「……不愉快だわ、本当に不愉快」

炎を放った彼女は自身の髪をかき上げる。燃えるような赤い髪には魔力が通っているのか、薄赤く発光していた。そんな美しくさらさらの髪が舞い一つにまとまる姿は、もはや芸術レベルだ。

彼女に向かって、幾匹かのモンスターが襲いかかっていく。しかし彼女はまるでそれが羽虫であるかのように、気にもとめない。

彼女が手を振ると、一つの影がこちらに迫り、俺たちの前にいる敵を屠《ほふ》っていく。多分あれはハンゾウさんだ。

彼女は歩く。いまだ襲い掛かってくる敵など、お構いなしに。

そしてもう敵の手が届くというところで腰から剣を抜けば、目の前の敵は蜂の巣になり、そして剣をしまえば、モンスターはバラバラになり魔素へ。

一体いつ剣を振ったのだろう。そんな超絶技巧を俺たちに見せつけたにもかかわらず、彼女は何事もなかったかのように口を開く。

「私にはね、いくつか許せない事があるの」

彼女はそうつぶやいて俺を見る。

「一つ。嘘つき」

彼女は無詠唱で魔法を展開する。そこから現れたのはまるで灼熱を思わせる紅《あか》い炎。それは彼女の前に立ちはだかった魔物を滅する。

「二つ。いつまでも決断できない人」

彼女は俺たちの前に立つと、その燃えるような赤い髪を払う。

魔力が体中にあふれているせいだろうか。その髪の一本一本が暗闇にある炎のように美しく、綺麗《きれい》だ。

ああ、なんて格好《かっこ》いいんだろう。炎が敵を焼き尽くしていく。彼女の前にいる有象無象は既に灰となった。

「三つ」

これが彼女。生徒会の会長で、学園生で最強であり、ゲーム版マジエク人気投票で一位にも輝いた――

「私抜きでパーティを始める人達よ」

――三強『魔』のモニカ・メルツェーデス・フォン・メビウス。

七章　決戦、その後

やれやれ、とわざとらしく、それもおどけながら俺は言う。

「こんなパーティに参加したい物好きがいるとは驚きですね」

モニカ会長はふふっと笑った。

「あら、参加したいに決まっているじゃない。こんな血湧き肉躍るパーティなんて滅多《めった》にないわ」

片手を腰に、もう片手で肩をすくめる彼女の周りには、まるで空間を歪《ゆが》ませているかのように陽炎《かげろう》が立ちこめる。

そして彼女は魔法陣を具現化させ、魔法を発動した。

「焼き尽くしなさい」

鳥の形をした赤い刃《やいば》達が、次々に本へと襲いかかる。

「ハンゾウっ！」

圧倒的な会長の魔法ではあるがまた現れ出す天使に向かって、クナイが飛ぶ。

　クナイの刃先には札が刺さっており、それが対象と衝突した瞬間、その札から雷が発生した。

「雷遁《らいとん》！」

　ハンゾウと呼ばれた彼がそう叫ぶ。服装からしてまごうことなき忍者で得意な魔法はもちろん忍術だ。

「妾《わらわ》を忘れて貰《もら》っては困るの」

　紫苑《しおん》さんが扇子を振ると魔法陣から黒い刃が飛んでいく。彼女の闇魔法は堕天したとはいえ光属性の彼らには大ダメージだ。

「おーほっほっほっほっほっほ。私の魔法の前にひれ伏しなさい！」

　なんか会長のそばについてから、ギャビー節がより強くなった気がする。回復に回ったようで伊織《いおり》の回復を始める。

「みんな頑張ったんだな、どれ褒美に尻《しり》を叩いてあげよう」

　そう言ってオレンジの尻を叩《たた》くアネモーヌ。オレンジの汚い声が一瞬聞こえたが、気のせいだろう。よく見れば叩きながら回復用のアイテムを使っていた。

「まったく、幸助《こうすけ》様に魔本を処分してきてくれと言われた時には何事かと思いましたわ」

「ああ、おかげで助かったよ。ありがとうギャビー」

「い、いえ、お役に立てて光栄ですわ」

すこし顔を赤らめたギャビーと俺たちが話しているとラジエルの書はなるほどと呟《つぶや》いた。

「そうか、私にばれないように書庫をつぶしたのか」

「ああ、そうさ。お前が本に魔力を込めていたことは知っていた。だからそれを有効利用する前に会長たちにそこを叩いて貰ったのさ」

すべての本を召喚されるとこちらが不利になるかと思い、まず最初にパワーアップ要素をすべてつぶさせてもらった。

もしこれをしていなければ手が付けられなくなっていただろう。

そう俺たちが話しているうちに、獣や堕天使たちはどんどん狩られていく。

エッロサイエンティストが手にある三角フラスコを投げると、それが落下と同時に爆発を起こす。中の液体と魔力が反応しているのだとは思うが、原理はさっぱり分からない。

まあ彼女自身もよく分からない人なんだが。

「ほっと。おお、コレでも生きているのか。実に興味深いな」

ハンゾウさんは無言で近くにいる敵を切り刻む。そしてモニカ会長は……。

「まるでミサイルだな」

俺たちが剣でちまちまやっているのだとしたら、彼女の一つ一つの攻撃はミサイルだ。止められるモンスターはほぼいない。この場で唯一それを受けきれるものがいるとすれば、それはラジエルの書のみである。

会長の炎がラジエルの書へ迫る。しかしその炎でさえも、ラジエルの書は無効化してしまった。

フラン副会長がバリアの存在を話すと、会長はフーンと答える。

「バリア？　へぇ簡単なことじゃない」

「簡単なことですか」

彼女から魔力があふれる。

「バリアがあるんなら、なくなるまで焼き尽くせば良《い》いじゃない」

彼女は風紀会の筋肉を脳筋だと言うが、人の事を言えないのでは。そう思ってしまうのは仕方がないだろう。

「焼き尽くして貰いたい女性ランキングがあれば一位は確実ですね」

彼女の横をすれ違いざまにそう言ってみる。

「あら、いつでも焼き尽くしてあげるわ。いつでも挑戦してきてね」

焼き尽くされるのはかんべんだ。

さてと、戦況は逆転した。

全員がある程度回復もできた。余裕もできた。

ほら彼女の周りに浮かんでいる本の数は、もう一冊だけ。

「瀧音《たきおと》、『瞬』だ」

「先輩？」

不意に先輩は俺にそういう。

「『瞬』なら、多少の壁だって切れる。私が保証しよう、多分この場で一番強い攻撃だと。だから私たちが隙を作る。お前はその手で引導を渡せ」

俺は頷《うなず》いた。モニカ会長にも「今回は仕方ないから譲ってあげる」とちょっと上から目線で言われた。

ラジエルの書も限界だろう。最後の一冊、それが尽きればもう何もできなくなるはずだ。

伊織と先輩とモニカ会長が走り出す。俺も彼女らと同じように走り出す。

彼女は残る魔力を振り絞り、自分にそっくりな分身を四つ作り出す。そしてそれは俺たちの前に立ちはだかった。

「ふはは、そんなので妾達は止められんぞ！」

紫苑さんが魔法を発動すると、彼女の一番近くにいた分身の足元から漆黒の大きな手が生える。そしてその手はフィギュアを摑《つか》むかのように、後ろから分身を握りしめると、そのまま地面に押しつぶす。

「瀧音の邪魔をさせるわけにはいかないな」

次に動いたのは先輩だった。俺に攻撃を仕掛けようとしていた分身に水弾をあて、バランスを崩させる。そして分身のはなった光の槍《やり》を薙刀《なぎなた》で斬り落とし、距離を詰める。

九個の剣閃《けんせん》は分身をばらばらに斬り裂いた。

「あなたがどう考えてるかは私は分からないけれど、私たちの未来は私たちで決めるわ」

次に分身と戦闘を始めたのはモニカ会長だった。彼女は自身の剣に炎をまとわせると、一気に距離を詰め目にもとまらぬ速さで幾度となく突いた。

「僕が今出せる最高の力を、今ここで出してみせる」

伊織は俺の前に出て分身の攻撃を盾でそらすと、分身の懐に入り肩で体を押す。押されて少しバランスを崩した分身に伊織は剣を振りかぶった。

伊織はモニカ会長や先輩ほどの力は、まだないはずだった。しかし今の伊織から感じる力は二人に引けを取らない。多分主人公のみに与えられた、限界を超える力だ。条件がそろって今発動したのだろう。

「うぉぉおおおおおお！」

伊織の剣は、最後の分体を斬り飛ばした。

「瀧音君っ！」

伊織の叫び声と同時に、俺は伊織を飛び越してラジエルの書へ駆ける。

ラジエルの書も本気だった。これほど沢山の魔法陣が出ているなら、もしかしたら今かもしれない。

さあ、集中しろ。いつものモードへはいるのだ。

横から光の槍が飛んでくるのが見える。それを第三の手で逸《そ》らす。

今度は光線銃のような光が来るがそれは右に避《よ》ける。

自分以外が遅く感じるこの状態を、なんとなくだけど意識的に出せるようになってきた気がする。

だってほら光に包まれた巨大な岩が俺に向かって飛んできたが、すごくゆっくりだ。それにどこを叩《たた》けば割れるかが一目でわかる。だから第四の手でそれをたたき割る。

まるで一人だけ、異次元にいるような気分だった。

ラジエルの書の攻撃は遅かった。十字のナイフが飛んでくるけど、遅いから簡単に避けられた。同時に服の飾りが俺を貫こうとしたが第三の手と第四の手で防げた。

もう、どれだけ魔法が飛んできても怖くなかった。

彼女の前にある本が見たことないぐらい光り輝き、レーザーのような光の線が一直線に地面を抉《えぐ》りながら俺に迫ってくる。あれ直撃したら蒸発しそうだよな。だけど、その攻撃すら今の俺には遅く見えた。

それにレーザーのどこを切れば、攻撃を無効化できるかも見えた。

だからそれを俺はぶった切ってやった。

ラジエルの書が目を見開いているのがわかる。後ろからみんなの驚愕《きょうがく》の声も聞こえる。

さあもう一度鞘《さや》に戻し、刀に力を溜《た》める。溜める。迫りくる最大のチャンスが、今ここにあった。

ラジエルの書と戦うことは決して俺一人では出来なかった。それにいつもの花邑《はなむら》家メンバーだけでも無理だった。伊織、会長、リュディ、ななみ、先輩、結花《ゆいか》、カトリナ、ギャビー、オレンジ。そしてここまで送り出してくれたベニート卿《きょう》率いる三会の皆。

皆がいたからだ。皆がいたから、世界を守るために命を落とそうとした天使を救うことができる。

さあ、みんなが作ってくれたこの瞬間を逃してはいけない。

この一瞬を逃してはいけない。してきたこと全てが綺麗《きれい》にハマり、今この場で結果として表れようとしている。

さあ、右手を刀に添えて、力を溜めよう。

すべて込めよう。

懐に入り込め。

呼吸は整っている。

斬るための線も見える。

「ラジエルの書よ、この世界のことは任せろ。俺が平和に導いてみせるから」

そう言うとラジエルの書が笑ったような気がした。

「託したわよ」

その言葉を聞いて、ラジエルの書の真意を理解した。だから今彼女にすべてを出しきらないといけない。彼女が安心できるように、ありったけの力を。

さあ、後は体に染みこんだ通りに、刀を抜くだけだ。

瞬く間もなく終わらせる。

◇

「それで、どこへ連れて行ってくれるの？」

桜《さくら》さんは俺にそう聞く。

「もう少しでつきますよ」

目的地は、壁一面にツタが生い茂っているこのフロアを進んだ先、あと数分程度だ。

「桜さん、体調は大丈夫ですか？」

「以前より体が少し重くなったくらいね。元々ラジエルの書を封印するために力を使っていたから、あまり変わったようには思えない」

桜さんはラジエルの書の討伐によって、かなりの力を消費したらしい。まあラジエルの書が桜さんの力を持ったまま死んだようなものだからな。

「それは食べ過ぎでは？」

ななみがツッコミを入れる。

「ななみはなんで桜さんに対してもとげとげしいんだ……毬乃《まりの》さんだけではなかったのか？」

「力に関しては何十年かかるか分からないけれど、いずれ戻るわ。ただ……体重の維持は難しいかもしれないわね」

そう言ってにっこりと笑う。

「ラジエルの書が異常をきたしてから基本的に学園で過ごしていたから。色んなところで食べ歩きしたくなっちゃう。もちろん学園のご飯が美味《おい》しくないという意味ではないわよ？」

「色んなところへ行けばいいじゃないですか。三六五日働いているようなものでしたし、有給もたんまりあるでしょう？」

「正式に教員として契約していたわけではないから、有給はどうなのかしらね？　ただルイージャが有給をあまり取らせてくれないと嘆いていたわ」

「ルイージャ、ルビには『借金』は自業自得ですね」

「わざわざ口でルビ言わなくて良《い》いぞ」

借金のことをルイージャって言うのを止めろよ！　状態になってる。てか一応返済はしっかり行ってるんだよな。いや無理矢理返済を行っていると言った方がいいのか。

「理解しがたい点として、借金の支払いがあるのに欲しい物がすぐ出来るところ。そして借金を払うために別のところで借金しようという考えに至るところですね。正直頭のネジが外れているのかと」

「学生時代は成績優秀で有名な子だったんだけどね。注意したいところだけど、まさかルイージャがあんなことをしてくれていたなんて思ってもいなかったから、何も言えないわ」

それは俺がルイージャ先生にお願いしていたことだ。桜さんが司書を続けられるように根回ししてもらっていた。

情報規制や毬乃さんへの直談判《じかだんぱん》、一部の教授たちへの口止め。それが実を結び桜さんは図書館司書の肩書きを失うことはなかった。ほかの教授たちからも距離をおかれることはあまりなかった。

また驚いたことに、一般生徒にはラジエルの書事件を知らせなかったらしい。毬乃さんが情報規制していたらしいが、どう考えても桜さんの事を知っていて、生徒に被害が出る前に自害すると知っていて、そうしたとしか思えない。毬乃さんにははぐらかされたけど。以前とほとんど変わらない生活が送れるようになったのだ。

「本当に嬉しい。またみんなと同じような関係を続けられて。ほんとルイージャのおかげ」

「借……じゃなかったルイージャ先生はともかく。桜さんは仕事だけじゃなくて行きたいところはないんですか？」

　もうこの学園から離れることもできるはずだ。

「うーんツクヨミレジャーランドが出来てから一度も行ったことが無いのよね。一人だと寂しいし、幸助君どうかしら？」

「まあ、時間があれば」

「ご主人様……ななみという天使がありながら、どこぞの馬の骨天使と仲良くして……私《わたくし》もついて行きましょう。卵焼きの出汁《だし》についてはうるさいですよ」

「なんで桜さんが弁当作ることになってるんだ」

ご飯の味チェックとか姑《しゅうとめ》かな？　何ですか桜さん、この味噌汁《みそしる》は！　とか言い出しそう。

話しながら転移魔法陣に乗る。目的地はこの先だった。

「結局のところラジエルの書は悪だったのでしょうか」

　ななみが不意に問う。ずっと疑問だったんだろう。

「そういう、わけではないだろうな。ラジエルの書は人間を守るために、人間を殺すという手法をとることにした。しかしそれはラジエルの書もしたくなかったんだと思う」

「どういうことでしょう？」

「多分ラジエルの書は人間を殺したくなかったんだ、そして桜さんも殺したくなかったんだろ」

桜さんはちょっとだけ驚いた様子だった。

「あなたもそう思うの？」

どうやら桜さんも同じ見解だったようだ。

「ええ。そうでなければ、桜さんより力があるし知識もあるのに封印なんてされませんよ」

それにラジエルの書は最後に笑ってあんな事を言ったから、そうだとしか思えなくなった。

ラジエルの書のためにも、もっと頑張らないといけないな。

「……さて、ついたぞ」

「ここが、私に見せたかった場所？」

そこは普通に考えたらあり得ない場所である。

この世界は地球と同じく四季がある。暑く何をするにもおっくうになる夏、木々が色づき散って行く秋、身も凍りそうな寒さの中で白く雪化粧する冬、雪が解け命が芽吹く春。

今は夏。プールや海に行って水着を堪能《たんのう》する夏だ。しかしここには夏にはないものが悠然とたたずんでいる。

「綺麗《きれい》な……桜ね」

そこには一本の桜が立っていた。辺りの芝生は綺麗に刈られ、空からは暖かい日差しが降り注ぐ。

「本当に綺麗ね。学園前の並木も毎年見れる範囲で見ていたけれど、ここはまた違った美しさがある」

「俺のお気に入りの場所です」

「桜が好きなの？」

「ええ、好きです。だからたまに来て、見ていました」

伊織の前で告白した、決意を色褪《いろあ》せないようにするために。

三人黙って桜を見ていたが、桜さんが沈黙を破る。

「幸助君。私もあなたに話したいことがあるの」

「何でしょう？」

「私は天使。ななみさんと契約しているあなたは知っているかもしれませんが、上級の天使は人間に力を授けることが出来ます」

「はい」

「力を失ったとは言え、私はまだ力を授けることが出来ます。しかし迷っています」

「それはなんでですか？」

俺が問うと彼女は頷《うなず》いた。

「私の力が本調子ならともかく、今現在は契約して力を与えられるのが一人だけなの」

「一人だけにしか与えられないと。なるほど、では伊織が絡んでますか？」

「そう、伊織君、そしてあなた。どちらに力を渡そうか悩んでいる」

「ああ、そんなことですか。伊織に与えて下さい。俺はいりません」

俺が答えると、ななみが驚いた様子で俺を見る。そんなななみを見て桜さんは笑った。

「そう言われるんじゃないかと予想していたわ。やっぱり要らないのね」

「ええ、いりません。ただただ強くなることだけを考えたら、貰《もら》った方が良いのかもしれません。俺は弱いので」

「そんなことはないわよ？」

「そんなことはあるんです。それは俺が自覚しています」

ピーキー能力の利点であり欠点でもある。一部の敵には無類の強さを誇り、弱点を突かれたら何も出来ずに退場する場合もある。

桜さんとの契約は、俺の欠点を補うことが出来るかもしれない。でも。

「でも俺には、ななみがいる」

そう言ってななみの肩を叩《たた》く。するとななみは心底驚いたような表情でこちらを見た。

「ご、ご主人様？」

「ななみは俺のフォローをしてくれています。いつだって十分以上の事をしてくれる。これ以上ありません。それに桜さんの力が無くても、俺は最強になりますし」

「そっか。素敵なご主人様ね」

「……最高のご主人様です。ただ私《わたくし》はこれ以上どうすれば良いのか分からなくなる時があります。身も心も捧《ささ》げているというのに、これ以上何を捧げれば良いのでしょう？」

「もう十分貰《もら》ってるよ。むしろ返せるか不安なんだが」

「ふふっ二人の仲がうらやましいわ……それで、話は変わるんだけれど、実はななみさんにも、話したいことがあるの」

「私《わたくし》にですか？　ご主人様のサイン入りチェキなら一組三枚入五十円です」

「サインした覚えがないぞ……？」

それにしても安すぎない？　そこら辺のポストカードよりも安いぞ！

「十組買うわ、それで話したいことというのはななみさんという存在に対してなの。あなたは天使ではありますが、普通の天使ではありませんね。それは……瀧音君は理解している？」

普通の天使ではない、それはどういう意味なのだろうか。一つ思い当たることがあるとすれば……。

ちらりとななみを見つめる。それは話して良いことなのか分からない。顎をしゃくり、任せたと伝えると、彼女は頷いた。

「ええ、仰《おっしゃ》るとおりです。ババア……間違えました。毬乃《ババア》も多少理解しているはずですね」

ぜんぜん直ってないように聞こえるんだが。

「なるほどね。そのせいか分からないけれど、あなたは下級天使を逸脱しています」

「逸脱？」

「その力の大きさは私では分かりません。もしかすると最終的に全盛期の私を超えるかもしれません」

「まあ、当然ですね……それは本当でしょうか？」

「冗談ではありませんよ。天使には天使に感じ取れる力のようなものがあります。なんと喩《たと》えれば良いのでしょう……こちらの言葉に直すことも発音も難しいので、わかりやすく『存在力』とでも仮定しましょう」

「存在力？」

「ええ、その個体の輝き『存在力』。私を見て圧倒されていた方がいらっしゃいましたよね？」

「はい」

「アレも天使の存在力を解放して威嚇の為にぶつけたものです。コレは天使や光属性に適性があるもの、そして闇属性に適性がある方に効果は大きくなることでしょう」

なるほど、だからあの中で特にひどく影響を受けた者がいたのか。

「しかしななみさんの潜在している存在力は、多分私の全盛期よりも上です」

「はっ？」

勢いよくななみを見ると、いつの間に用意したのだろう、椅子に片足を乗せてスカートを少しめくっていた。

「やはり私《わたくし》の尻《しり》から太股《ふともも》に掛けての肉ラインが影響を及ぼしているんですね」

確かにその存在は反則級だ。トレーディングカードなら禁止カードに含まれていてもおかしくは……ん？

「違うだろ、あれ違うよね？」

あまりにも堂々と言うもんだから、思わず聞き返してしまった。

「まあ、ななみさんの冗談は置いておいて、本当に大きな力が宿っています」

「ふふ、私《わたくし》が特別なメイドであるせいでしょう」

わざと冗談っぽく言っているが、本当の事である。ななみはダンジョンメイドだから。

「なぜか分かりませんが、ななみさんの力は封印されています。私が後ほど一部の制約を解除できますが、どうされますか？」

なんだ……それ？

「ななみ、それはどうなんだ？」

「私《わたくし》のシリーズではわざと力に制約を掛けている場合がありますが……私《わたくし》はそれはなかったような？」

「それはななみにとって安全なんですか？」

「安全よ、ただ枷《かせ》を外すだけだから」

「まあ、してやっても良いでしょう」

なんで上から目線なんだ……。

「もっと強くなりたいのであれば、天使が住む場所へ行ってみると良いでしょう」

「まるで腕にまきつけていた十キロのおもりを取り外したかのようです」

「あまり強くなった気がしないな」

「もし天使の力を強くしたいというなら、天使の里へ行くのも良いかもしれません。私が行く方法をお教えしますよ」

そう言って彼女はふと自分の手をみる。

「天使の里ね、私はもういけないかもしれない。羽は穢《けが》れ醜い姿になってしまったわ」

「桜さんの羽が醜い？」

「だってほら、堕天使のように黒くなってしまったじゃない？」

「俺はそう思いませんよ……そう、昔の話なんだけど、俺の友達の母親に農業やってる人がいたんですよ」

昔と言ってもこの世界の話ではないが。

「その人は、汚い手でごめんねって言ってお菓子とか砂糖をかけた自家製のトマトを出してくれたんだ。水も使うし土も使うし農薬まくし……手袋をしてたりもするんだけど、どうしても手がガサガサになるし、変に筋肉はつくし、汚い手になるみたいで」

彼女の手と表情を今でも思いだせる。

「でもさ、俺は思うんだよ。そうまでしてその母親はさ、しっかり働いて、自分の子を育てていた。それにそのお母さんが作る、その家の野菜は本当に美味しかったんだ」

逆にかっこいいと思ったよ。当人はガチで悩んでるっぽかったけど。

「だから俺は素敵な手だねって言ったんだ」

もしかしたらその手をきたねぇって言うやつもいるかもしれないけれど、俺は声を高らかにして言ってやりたいね。素敵な手だしかっこいいと。そして尊敬するね。

「確かに桜さんの羽は黒いかもしれない」

だから何だよ。

彼女の苦しみは、想像することしかできない。でも一般人が気が触れてしまうような長い時間閉じ込められ、封印し続け、苦しさを我慢しながら未来を探した。

苦しんで苦しんで自分が殺されるだなんて、そんなふざけた話があるか。

「俺の知らないところで桜さんはずっと戦ってたんだろ？　それもかなり苦しいし、自分の好きなこともできなくなるし、でもこの世界のために気が触れそうな時間をずっと戦ってきたんだろ？　ラジエルの書も桜さんもどちらも世界と人のために、自分を顧みずしてきてそうなったんだ。その結果その羽がそうなってしまった」

普通の天使や俺にはできない事だ。だから。

「桜さんの羽を馬鹿にする天使がいるんなら馬鹿にするんじゃねぇ、って俺が言ってやる」

だって桜さんの羽は俺たちを世界を守るためにそうなったのだ。むしろ醜いどころか。

「俺は桜さんの羽が世界で一番美しく見えるぜ」

「……そっか、私の羽、きれい、なんだ」

彼女の瞳《ひとみ》からぽろりと涙がこぼれる。俺は視線を外しひらひらと舞い落ちる桜の花びらを見ていた。

「こんな姿、見せるつもりはなかったんだけどな」

それから少しして彼女は話し始める。

「あなたは何の為に戦うの？」

何の為に戦うのかっていったら……。

「世界が好きだからハッピーエンドへ導くために、ですかね。だから俺は戦うんです」

「そっか」

そう言って彼女は俺を見る。

「確かに私とあなたは似たもの同士かもしれないわね」

そう言いながら何かの手紙を取り出す。

「契約はしないといっても、あなたの力になりたいという思いは変わらないわ。私の知識が必要になったら、いつでも言ってね？」

「はい」

「あと、ね」

「何でしょう？」

彼女は俺にその手紙を渡した後、距離をつめ耳元でささやく。

「私と対峙《たいじ》したときに言ったこと覚えているわよね。私を幸せにするって」

そう言って彼女は俺の前に回り込むと、おでこに細い人差し指をコツンと触れさせた。

「プロポーズまでして助けたんですから、ちゃんと幸せにしてくださいね」

それは見る者の心を奪う、今まで見た桜さんの中で一番な、とびっきりの笑顔だった。

八章　未来

▶ » « CONFIG

Magical Explorer
Reincarnated as a Eroge Hero's Friend, I'll live freely with my Eroge knowledge.

—桜《さくら》瑠《る》依《え》視点—

　人間は追い詰められると本性が現れるとよく言われるが、それは天使にも当てはまると私は思う。

　私は普段から落ち着いているつもりだったのだが、そうでは無かったろう。それは瀧音《たきおと》君が見せてくれた桜、あれを見て思ったのだ。

　なんて綺麗なのだろうと。

　私はラジエルの書の封印によりかなりの能力に制約が課せられ、見える世界は狭まった。それにもかかわらず、美しく見えた。

　久しぶりにこんな近距離で、本物の桜を見たからかもしれない。私はほとんど図書館から外に出ることはなかったから。

　桜だけではない、外の景色が、図書館が、学園が、カフェが、スーパーが、街が、世界が明るくなったように思う。

私は瀧音君のおかげで桜が好きになった。『桜瑠依』の桜。

「桜瑠依はあなたがつけてくれた名前でしたね、毬乃《まりの》」

毬乃は優しく微笑《ほほえ》む。

「そうよ、あの時は色々考えたんだから」

「どうして桜瑠依という名前にしたの？」

「桜という字をつけたかったの。あなたが後は散るだけなんて言うから」

確かに私は毬乃に言った。そのときはもうどうしようもなくて、ただただ可能性を残して消滅したかったから。

「美しく散るだなんて私は嫌だった。だけど私は立場上何か出来るわけではなかった」

申し訳なさそうに、毬乃は言う。

「あなたはあなたの立場でできる限りのことをしてくれたわ。私に施設を使わせてくれた」

「だけどあなたは図書館を充実させてくれたじゃない。まあ、それはいいのよ。桜という名前はね、そうなって欲しかったからつけたのよ」

「桜のように？」

「あなたは今回で散るかもしれない。でも桜は来年咲くわ。何度も何度も咲くの。またあなたに咲いて欲しかった」

「だから、桜」

「ええ、現にまた咲いた」

　そう言って微笑む毬乃。思わず私も微笑む。彼女の言うとおりだ。

「まさか、こんなことになるなんてね」

「こういう未来は見えなかったの？」

「見えなかった。ただある一部の人がちょっと、ね」

「ある一部の人？」

「ぼやける人もいれば、何人か未来が見えない人もいるの。それは『ラジエルの書』であってもそう」

「ぼやける人と見えない人？」

「ぼやける人は、リュディさん、加藤《かとう》さん、モニカさん、結花《ゆいか》さん。彼女達は未来が多すぎる」

　未来が多すぎる子は、決まって先がぼやける。特に加藤さんの血筋はこれからどう転ぶかわからない。

「加藤さんが心配ね」

　毬乃はなぜ？　とでも言いたげな表情で私を見ていた。彼女はもしかしたら知らないかもしれない。しかし加藤さん本人が知らないのだ。知らなくてもおかしくない。だけど彼は知っていた。また、知らないならあえて言うこともないそう思った。

彼女が魔族の血を引く事を。

「なら見えない人は？」

「それは三人いるわ。一人はななみさん。彼女はもしかしたらあなたの方が分かるのではないかしら」

彼女は下級の天使である。

しかし天使でありながら、また私たちのような一般の天使とは隔絶した何かがある。私の方が上級の天使ではあるが、果たして本当にそうなのかと思う。

「私も分からないわ。ただ彼女は私側の人達が関わっているように思うわね」

「……それはこの世界にとどまらないほど大きな話になる可能性もありますね」

「そうね……それで後の二人は？」

「もう一人は伊織《いおり》君。伊織君はなんていうのかしら、光り輝いて見えないの」

彼は非常に多くのことを成し遂げることの出来る子なのだろう。

「最後に幸助《こうすけ》君。彼は……そうね。伊織君と同じなのだけれど、伊織君よりももっといりまじっていて、混沌《こんとん》としたような色合いかしら。真っ暗で何も見えない」

「私が言うのもアレだけど、それは分かる気がするわ」

毬乃は苦笑する。

「ねえ桜さん、あなたは結局、『ラジエルの書』がいようがいまいが、『世界は崩壊』することを皆に伝えたの？」

「まだ伝えていないわ。言えないし言わなくても大丈夫よ」

瀧音君は知っていたから。

「ねえ毬乃。私は今は力を失ったせいで予言は出来ない。けれど断言出来ることがあるわ」

「断言？」

「ええ、断言。確信を持って言うわ。世界は崩壊すると予言していたでしょ。でも……崩壊しないわ」

「あら、それは何でかしら」

「なぜならこの世界には瀧音君がいるから」

「あら、こうちゃん？　ふふふ。ふふふふ」

「花邑《はなむら》毬乃、あなたに宣言しておきましょう」

「あら、一体何の宣言をされるのかしら」

「瀧音幸助は光をもたらし、世界を救います。なんせ彼は……」

私を打ち負かした人であり、私を大泣きさせた人であり、私に希望を見せてくれた人であり、そして。

「最強になる男ですから」

あとがき

ごきげんよう、入栖《いりす》です。生きてます。

――御礼――

神奈月《かんなつき》先生、最高のイラストをありがとうございます。特に桜《さくら》先生のデザインは神でした。もはや天使超えて神でした。デザインを見ているだけで話が浮かぶほどです。

編集宮川《みやかわ》様。大変ご迷惑をおかけしました。マジエクが続いてるのは宮川様のおかげです。誠にありがとうございます。

TwinBox 様とても可愛《かわい》いカトリナをありがとうございます。カトリナ自身も最高ですが個人的に水着のデザインが好きです。マジで可愛い。

――その他――

東京に住んでいた頃、スパイシーなものには注意した方がいいと、身をもって体感したことがあります。

その日は金曜日。明日は休みだ仕事頑張るぞと、コンビニに立ち寄り、エナジードリンクと昼用のパンを購入した日です。

お昼、パンを食べようとしていたら同僚Aに声を掛けられました。「グルメな上司がおすすめしてた店があるんですよ！　行きませんか？」だなんて。

もちろん私は二つ返事しました。Aさんに誘われたら行かざるを得ない。

え、同僚Aをご存じない!?　同僚Aは『けいおん！』で私と同じく眉毛が沢庵《たくあん》『ムギちゃん』が好きで、意気投合したあの彼のことです。更にムギちゃんとコラボした沢庵（ちゃんとした漬物会社がコラボしててビビった）をプレゼントしてくれた彼です。

一度も皆様に話したことないので知らないのは当然です。

そんな同僚Aがグルメに関しては信頼◎の上司（仕事に関しては信頼▲）から聞いたおいしい料理屋です。そりゃもう期待せざるを得ないですよね。

その店の雰囲気は本場のカレー屋でした。まるでインドに来てしまったかのように、ザ・アジアンな内装で、インドかネパールかは分かりませんが、店主は本場っぽい外国の方でした。また客は私たち以外に一人いました。多分その方は神の生まれ変わりです。

さて私たちはメニューを見ます。そこにスパイスが凄《すご》く効いた、本場のカレーというものがあったのです。初めての方は気を付けてねのような注意書きがありましたが、そんなの気にもとめませんでした。

店主も『マジかよ、お前マジで食えるの？』そんな顔で私を見るのです。なめてもらっちゃあ困る。「ぼかぁこれでも幾度となく変なものを食べ腹を下し、幾度となく腹痛で耐性が付いた男だぞ」と。声を高らかにして言ってやりました。心の中で。

今か今かと待ってそのカレーは運ばれました。それは匂いからして普通とは違いました。

確かにスパイシー。だけど激しくスパイシー。癖が強すぎて正直食べるのがつらい、そんなレベルでした。ふぅん、なかなかやるじゃん（瀕死《ひんし》）。

そして普通のカレーを頼んだAを見ると、彼は普通にフィールドを歩いていたら突然ボスに遭遇したかのような顔をしているではありませんか。

「入栖さん、僕はもうだめかもしれません」

彼はそう言いました。どうやら普通のカレーもスパイシー過ぎたようです。

「この程度で何言ってるんですか。Aさんらしくない。でも、実は私もヤバいです」

「お残しはゆるしまへんで」に洗脳されていた私たちでしたが、結局泣く泣く残したのです。フランスのパリに行ったときに、口に合わない味のものでさえ私はすべて食べたというのに。でもカナダのホストファミリーが出してくれた生セロリたっぷりの特盛りサラダは残しました。量的に無理。

私たちは意気消沈して店を出ました。私たちの入店時から店にいて普通に完食した彼は神の生まれ変わりで、上司は人の皮をかぶった悪魔ではないかと疑いながら。

「私たちは頑張ったよ、負けたかもしれないけれど最後まで戦ったよ」と励ましあいながら。しかし、本当の戦いはこれからでした。

猛烈な下痢が私を襲うのです。

幸いだったのは金曜日だったことでしょう。どんなに腹痛でも明日は休みだと。私は上司に丁寧かつ辛辣なメールを送り、デスクよりトイレにいる時間のほうが長いんじゃないかという仕事をして、その日は帰宅しました。

さて月曜日です。それは引き出しを開けた時でした。苦い思い出がよみがえります。

机にはパンがあったのです。そういえば戦友Aとご飯に行ったから、昼に食べようと思って買ったパンが残っていたのです。あ、私と戦友Aの間でしばらくカレーは禁句です。

しかしよく見れば消費期限が切れているではありませんか。

でも大丈夫です。私はちょっと特殊な田舎《いなか》の男。消費期限が切れてもカビたり腐っていなければ口にすることができる男。

私レベルにでもなれば、腐ってる、腐ってないかの判断など簡単につきます。そう、一口食べればね。私は一口食べて思いました。

行ける、と。さあこの昼休みで英気を養い、残業なしで家に帰りゲームしようと、そう考えながら食べました。

しかし帰宅してゲームに集中することはできませんでした。猛烈な下痢が私を襲うのです。

入栖

結花が幸助と絡むと楽しいです.
神奈月昇

マジカル★エクスプローラー

エロゲの友人《ゆうじん》キャラに転生《てんせい》したけど、ゲーム知識《ちしき》使《つか》って自由《じゆう》に生《い》きる6

著　入栖《いりす》

角川スニーカー文庫　23022

2022年2月1日　初版発行
2022年3月5日　再版発行

発行者　青柳昌行

発　行　株式会社KADOKAWA
〒102-8177 東京都千代田区富士見2-13-3
電話　0570-002-301（ナビダイヤル）

印刷所　株式会社暁印刷
製本所　本間製本株式会社

◇◇◇

Printed in Japan　ISBN 978-4-04-111409-4　C0193

★ご意見、ご感想をお送りください★

〒102-8177 東京都千代田区富士見 2-13-3
株式会社KADOKAWA　角川スニーカー文庫編集部気付
「入栖」先生
「神奈月 昇」先生

角川文庫発刊に際して

角川源義

第二次世界大戦の敗北は、軍事力の敗北であった以上に、私たちの若い文化力の敗退であった。私たちの文化が戦争に対して如何に無力であり、単なるあだ花に過ぎなかったかを、私たちは身を以て体験し痛感した。西洋近代文化の摂取にとって、明治以後八十年の歳月は決して短かすぎたとは言えない。にもかかわらず、近代文化の伝統を確立し、自由な批判と柔軟な良識に富む文化層として自らを形成することに私たちは失敗して来た。そしてこれは、各層への文化の普及滲透を任務とする出版人の責任でもあった。

一九四五年以来、私たちは再び振出しに戻り、第一歩から踏み出すことを余儀なくされた。これは大きな不幸ではあるが、反面、これまでの混沌・未熟・歪曲の中にあった我が国の文化に秩序と確たる基礎を齎らすためには絶好の機会でもある。角川書店は、このような祖国の文化的危機にあたり、微力をも顧みず再建の礎石たるべき抱負と決意とをもって出発したが、ここに創立以来の念願を果すべく角川文庫を発刊する。これまで刊行されたあらゆる全集叢書文庫類の長所と短所とを検討し、古今東西の不朽の典籍を、良心的編集のもとに、廉価に、そして書架にふさわしい美本として、多くのひとびとに提供しようとする。しかし私たちは徒らに百科全書的な知識のジレッタントを作ることを目的とせず、あくまで祖国の文化に秩序と再建への道を示し、この文庫を角川書店の栄ある事業として、今後永久に継続発展せしめ、学芸と教養との殿堂として大成せんことを期したい。多くの読書子の愛情ある忠言と支持とによって、この希望と抱負とを完遂せしめられんことを願う。

一九四九年五月三日

時々ボソッとロシア語でデレる隣のアーリャさん
Милашка❤
story by sun sun sun
illustration by momoco
燦々SUN
イラスト ももこ
ただし、彼女は俺が
ロシア語わかる
ことを知らない。
特設サイトはこちら!
スニーカー文庫

君の紡ぐ物語で
世界を変えよう。
第28回
スニーカー大賞
作品募集中!
大賞300万円
+コミカライズ確約
金賞100万円
銀賞50万円
特別賞10万円
締切必達!
前期締切
2022年3月末日
後期締切
2022年9月末日
詳細は・
ザスニWEBへ
https://kdq.jp/s-award
イラスト/左